# ハレのヒ食堂の朝ごはん

成田名璃子

ハルキ文庫

JN211049

角川春樹事務所

# ハレの日食堂の朝ごはん もくじ

contents

harenohi shokudo no
asagohan

# ハレの日食堂の朝ごはん

narita narico

成田名璃子

食堂のカウンター脇に立ち、固唾をのんで常連のみんなを見守った。

さっき収穫したばかりのサラダは見るからに瑞々《みずみず》しく、炭の香りを纏《まと》った鯵《あじ》はほくほくの白身を隠している。牧場から仕入れた肉厚のハムの上に乗っているのは、黄身を摑《つか》めるほどぷりぷりの卵でつくった目玉焼きだった。

あとは、白いごはんだけなのだ。

「じゃあ、食べるからね」

茜《あかね》ちゃんが、居住まいを正した。

「俺らも食うか」

ほかの常連さんたちも、お茶碗《ちゃわん》を見下ろす。

試行錯誤してようやく辿《たど》り着いた白いごはんは、お茶碗の中で一粒一粒がぴんと立ち、胸の奥を切なく搔《か》き立てるような独特の風味とともに湯気をくゆらせている。

茜ちゃんが、ゆっくりと箸を運んだ。一嚙《ひとか》みして、目が大きく見開かれる。

「これ、いいじゃん。今までのと全然違うよ」

思わず、ため息が出た。厨房《ちゅうぼう》の晴子《はるこ》さんと顔を見合わせ、強く頷《うなず》きあう。難しい茜ちゃんの舌が、ようやく納得してくれたのだ。それは即ち、アラン会長の舌も満足してくれる可能性が高いことを示していた。

ほかの常連さんたちもみんな、微笑《ほほえ》んでいた。ごはんを食べるだけで、幸せそうに口元を綻ばせていた。

——間に合った。きっと、ついに完成したんだ。

これが、ハレのヒ食堂の朝ごはんだ。ここが、ハレのヒ食堂だ。

そぼ降る雨に湿った公園の木々が、祝福の香気を風に乗せて運んできた。

きっと、会長も喜んでくれるに違いない。そうでなければ困る。

私と晴子さんは、もう一度顔を見合わせると、窓の向こうに広がる大池の向こう岸へと目をやった。

# 1.

# 噂の猫まんま

けばけばしいピンクの間接照明の下、鏡を覗《のぞ》いてみる。子供の頃から飽きるほど見てきた自分の顔は、いつにも増して幸薄そうだった。

「私なんかにお金を出してくれるんだから。たった二時間で一・五万、しかも、バージン価格は五千円上乗せ。それだけあれば、あと二週間は暮らせるよ」

いくら言い聞かせても、私の表情は、ベッドに敷かれたごわごわのシーツみたいに強《こわ》ばったままだ。浮いた頬骨の上に並ぶ小さな目が、夜行性の醜い動物みたいにビクビクとこちらを見返してくる。我ながら、うんざりする顔だった。

この世界には、私みたいなブスがいるから、美人が存在する。そういうことだ。

壁の向こうから微《かす》かに響くシャワー音が頭の中を掻《か》き回し、叫び出しそうになる。さっきのおじさんが裸で濡《ぬ》れてるんだと思うと、もうとっくに空っぽの胃でも、せり上がってくるものがあった。

「大丈夫、ちょっとワリキリするだけだから」

売春なんていうと私なんかが滅相もないって感じだけれど、ネカフェ仲間のヨッチが言ってたみたいに、ワリキリと言い換えればぐっとマイルドになる。確かヨッチのメッセには、芝マークも付いていたはずだ。

『大家《おおや》ちゃんへ　これからワリキリw』

うん。マークのおかげで、いかにも早く終わりそうなカジュアル感が出ている。

ちなみに大家というのは、私の名字だ。下の名前は深幸《みゆき》。ネカフェ難民の私に、一体、何の皮肉なのかと空を睨《にら》み付けたくなる組み合わせだ。

ともかく、あのメッセを受け取った時、私はヨッチの気持ちなんてちっとも理解していなかった。何にも知らないただの子どもだった。でも、この二時間の〝ご休憩〟のうちに、二十七年間つづいたその子ども時代に、私は別れを告げるのだ。

シャワーを浴びなくていいと言われたから、さっきから鏡台の前で固まっている。でもそれって、どういうことなんだろう。映画やドラマでは、事の前の男女は、ほとんどが浴びているのに。この状況の何もかもが未知すぎて、ホテルの部屋の空気が化学繊維百パーセントの肌着みたいに皮膚を刺激してくる。心なしか、あちこちが痒《かゆ》くなってきた。

相手の男は出会い系では二十七歳の会社員を騙《かた》っていたけど、絶対に五十歳は超えていそうなおじさんだった。白いシャツのお腹《なか》は突き出ていて、両目だけが妙にぎらついていた。長いこと、会社という犬社会において野ざらしに耐えてきたようなくたびれた様子で、ちょっとブルースを感じないこともない——ない、やっぱりないです。まったくもって感じない。

おじさんの、あの脂っこい視線に晒《さら》された時、みぞおちの辺りが不快に疼《うず》いた。贅沢《ぜいたく》なんて言える身分じゃないのに、それでもこみ上げてくる嫌悪感を抑えることができない。今ここから逃げたら、私の全財産は三十円のまま。つまり、ネットカフェにも泊まれなくなる。完全な宿なしだ。それに、コンビニのバイトをクビになって無職という現実も変わらない。

私にはもう、体しか売るものがないのだ。

それでも――。

嫌だ、売りたくない。初めてが、知らないおじさんとなんて嫌だ。

土壇場になって、胃液といっしょに率直な感情がせり上がってきた。そのまま押しとどめられず、何度かえずいて鏡台の前にぴちゃりと吐きだす。黄色っぽい胃液の中で、嫌だ、嫌だ、と疳《かん》の虫みたいなものがのたうち回っているのが見えた。

咳込《せきこ》みながらティッシュで口元を拭うと、私は再び鏡の中を覗き込んだ。卑屈な目の奥に、弱々しいけれど決して消えない、小さな光が垣間見《かいまみ》える。それは、自尊心なんかじゃなくて、救いがたいほど圧倒的な、おじさんへの拒絶感だった。

――おじさん、ごめんなさい。やっぱ無理。

立ち上がって急いで部屋を出ようとした時、ベッドサイドテーブルに置かれた黒いビジネスバッグが目に飛び込んできた。はみ出しているのはお財布の角だろうか。見た瞬間、生唾が湧いてきてしまう。いつの間にか頭の中で、お金イコール食べ物と、わかりやすく直結しているのが悲しかった。

耳をそばだてると、シャワー音はまだつづいている。

そっと腕を伸ばしかけて、慌てて引っ込めた。私の躊躇《ちゅうちょ》を責めるように、お腹が盛大な音を立てて鳴る。昨日の夜から丸一日、シリアルバーしか食べていないのだ。口の中は吐いた胃液のせいで酸っぱくて、それが久しぶりに感じる味なのだった。

突然、シャワー音が止《や》んだ。

まずい、急がなくちゃ！

今度は反射的に財布の角を摑んで、ジーンズにねじ込んだ。

いつか、返しますから！

ところが、入り口まで駆けだそうとした瞬間、バスルームの扉が開いた。おじさんがタオルを腰に巻いて、ほくほくと湯気を上げながら出てくる。両頰をなで上げたあと、少し首を傾《かし》げてこちらを見た。相変わらずぎらつく目。それに、さっきよりもさらに粘度が高くなっている。

「あれ、ケイちゃんどうしたの」

ケイちゃんというのは、私の出会い系におけるハンドルネームだ。

「あ、あの、ええと、私ちょっと用事を思い出しちゃって。今すぐ行かなくちゃ」

おじさんは少し悲しそうに目を伏せたあと、丸い肩を竦《すく》めてみせた。

「そうか。それじゃあ残念だけどしょうがないね」

意外なほどあっさりとした返答に、少し拍子抜けする。

「うん。それじゃあ」

ぎこちなく微笑《ほほえ》んで一歩踏み出そうとした途端、しかしおじさんは豹変《ひょうへん》した。

タオルをかなぐり捨て、両手をあげて覆い被《かぶ》さってくる。構える暇もなく、ベッドに押し倒された。一瞬頬を撫《な》でていったのは、胸毛だろうか。体が麻痺《まひ》してしまい、おそろしくて声も出ない。頭が働かない。おじさんの荒い息が頬にかかり、温《ぬる》い舌が耳の辺りを這《は》った。

これは、直視しちゃいけない現実だ。目を閉じればすぐに終わってくれる。そうだ。脳内に白鳥の映像を流そう。よく不適切なシーンで流れるあれだ。ほら、頭の中の湖を、きれいな白鳥が泳いでいくよ。私はそれを眺めていて、隣では王子様が手をつないでくれているのだ。

だけど、おじさんの舌は、白鳥の映像より断固として強力だった。生温い先端が、耳の中をまさぐりながら、ずんずんと侵入してくる。

「ひっ」

総毛立つほど不気味なのに、微《かす》かな悲鳴が出ただけで、体はますます縮こまってしまった。おじさんの息はさらに荒くなり、もどかしげにシャツのボタンを外していく。逃げろ、逃げろ、逃げないと！　それでも私の体は、まるで他人の体の中に居候しているみたいに、全然命令を聞こうとしない。

もう、これまでなの？　ほんとに、このおじさんと私は？　よく考えたら、照明もつけっぱなしだ。私は、おじさんに全部見られるのだ。気色悪さで、全身が総毛立つ。ボタンがすべて外され、ついにキャミソールの下から手が這い上がってきた。

「初めてなんでしょ。ちゃんと痛くないようにしてあげるからね」

優しげな声につづいて、手の平が胸に差しかかる。高尾山でも登るみたいに気軽な調子でやってくる。こっちは、こっちは、初めてだっていうのに。

誰か、神様、助けて！

絶対に神様なんて住んでいなそうな、いかがわしい天井に向かって祈った。すると、どういう天の采配か、ふいに、婆《ばあ》ちゃんの声が耳の奥に甦《よみがえ》ってきた。

金縛りにあった時はよお、足の親指から動かすといいんだあ。

婆ちゃんによると、どんなに強い金縛りにあった時でも、足の親指だけは動くのだという。あの時は適当に聞き流していたけれど、まさか試してみる日が来るなんて。

急がないと、おじさんが高尾山登頂を果たしてしまう。私は、必死で両足の親指を動かそうと試みた。

ぴく、ぴくり。廃棄マシンの最後のあがきみたいだったけれど、本当に右足の親指が反応したから驚いた。つづいて左足、両脚、腿《もも》、お尻、と感覚が戻っていく。

はたして登頂寸前、私はすべての身体感覚を取り戻し、目の前にあったおじさんの肩に思いきり嚙《か》みついた。

「ぎゃあ！」

間髪入れずに、弾力のあるおじさんの体を全力で押しのける。そのまま、全財産の入ったトートバッグをひっつかんで出口へと突進した。

「痛い、痛いよお」

おじさんの憐《あわ》れっぽい声に一瞬振り返りそうになったけれど、そのままドアを開け、脇目も振らずに廊下を駆け抜けた。一組の幸福そうなカップルの脇をすり抜け、ラブホテルの外へと飛び出す。

あとは、走りに走った。両脚が動かなくなるまで、夜の吉祥寺《きちじょうじ》の道を、ホテルから遠くへ、遠くへとめちゃくちゃに走り回った。

婆ちゃん、助かったよ。ありがと。

この声は、今は星になってしまった婆ちゃんに、ちゃんと届いたろうか。

とうとう、もう一歩も先へ動けなくなって、ようやく立ち止まった。

汗ばんだ体を風が通り過ぎて、ぶるりと背筋が震える。五月とはいえ、夜気はまだ冷たい。シャツのボタンを急いでとめ直すと、胃袋が、身を捩《よじ》るように切なげに鳴いた。

住宅街の中を歩きながら、ポケットからおじさんの財布を取り出して中身を確認した。罪悪感がないと言えば嘘《うそ》になるけど、さっきはちょっとだけ触られたんだし、私も対価をいただいてもいいような気がする。何よりこれで、一日ぶりに、ちゃんとした食事にありつけるのだ。

湧き出す生唾をごくりと飲み下して、お札を探す。けれど、諭吉《ゆきち》も、一葉《いちよう》も、英世《ひでよ》も、誰も見当たらない。

「なに、これ」

呆然《ほうぜん》と呟《つぶや》いた。財布だと思っていたケースの中には、白い紙の束が収められているばかりだ。それもそのはずだった。ケースは、ただの名刺入れだったのだ。

前島《まえじま》テクノサービス　営業課長　前川尚人《まえかわなおと》。

それが、あのおじさんの名前らしい。あとは他人の名刺が数枚。それと、女子高生っぽい制服の子と写っているプリクラが数枚入っていた。全部同じ子だ。

――最悪。あのおじさん、高校生まで相手にしてたんだ。

いや、今はおじさんの性欲のことより、私の食欲だ。食べる気満々だったのに、どうやってこの気持ちから目を逸《そ》らせばいいのだろう。

もう一度、名刺入れの中を未練がましく覗いてみた。すると、一枚だけ、やけに固いカードが収められている——パスモだった。

一気にテンションが跳ね上がった。パスモなら、とりあえず買い物もできる。

再び名刺入れをポケットにねじ込むと、私は、喜び勇んで少しだけ道を戻り、逃げる途中で見かけたコンビニに入った。あぶく銭が手に入ったからって一気にバカ食いするような真似《まね》はできない。一番安いカップ麺を慎重に選んで買った。

ヌードルカップシーフード味。コンビニのイートインコーナーの片隅で、命の素ができあがるのをじっと三分待つ。しかしこんなに長い三分間が、これまであったろうか。胃をなだめながら店内時計の秒針が進むのをじっと堪え忍び、いよいよ三分たったところで紙ぶたを開けてみた。

ふわりと湯気が立ち上がり、お馴染《なじ》みの香りが辺りに広がる。添加物たっぷりの、依存性の高い磯出汁《いそだし》の香りだ。

「いただきます」

小さい声で手を合わせ、一本一本、慈しむように麺を噛んだ。温かかった。人工的な旨《うま》味《み》が、五臓六腑《ごぞうろっぷ》にこれでもかと染み渡った。すべての麺を食べたその後で、押し頂くようにカップ麺を傾け、少しずつスープを口に含んでいく。

うっとりと目を閉じ、後味が消えるまで、じっと舌先に神経を集中させていた。

これらの時間は、二十分にも三十分にも感じられたけれど、実際には十分も経《た》っていなかった。

ふう、と満足のため息を吐き出す。

お腹が満たされた途端、さっきのおじさんの舌の動きが思い出されて、慌てて隣接しているトイレへと駆け込んだ。急いで洗面台に顔を突っ込み、耳の中をごしごしとぬるま湯ですすぐ。何度も、何度も、耳が痛くなるまでゆすぎつづける。

危なかった。本当に、一生後悔するところだった。

今さら足が震えてくる。

こんなに心も体もあの出来事を拒絶していたのに、空腹は、この嫌悪感をも凌駕《りょうが》して私をカップ麺へと走らせたのだと思うと情けなかった。

試供品のメイク落としをバッグから取り出して、ついでに顔も洗った。ようやく、胃袋だけではなく、気持ちも落ち着いてくる。

ちょっと贅沢して、百円コーヒーでも飲もうかな。

そんな余裕まで出てきた。しかし、頭の隅に何か引っかかることがあった。

そうだ、おじさんのパスモの残高っていくらだったっけ？

嫌な予感に包まれながらも、受け取ったレシートに記された残金を確かめてみた。一瞬、息が止まる。残金はたったの二百二円で、何度見ても、斜めから見ても、透かしてみても、変わらなかった。

この残金では、百円コーヒーなんて夢のまた夢、贅沢品の中の贅沢品だ。しょんぼりとトイレから出て、再びイートインコーナーに腰掛けた。誰かが淹《い》れるコーヒーのアロマを切ない気持ちで嗅《か》ぎ、気持ちだけの食後を楽しむ。

結局、全財産は二百三十二円。そのうちの二百二円はおじさんからの借金だ。今どき、小学生だって私よりきっとお金持ちだ。

イートインコーナーの座席は窓に面していて、外を楽しげに行き交う人々の姿を、まるで映画の一場面のように眺められた。そうだ。彼らは映画だ。それくらい、今の私には遠い。

そうしてしばらくコンビニに居座ったけれど、二時間ほど経った頃、店員の厳しい視線に晒されて店を出た。夜の十二時前。吉祥寺の街に放り出されて途方にくれる。私はこれから、どうなるんだろう。いっそ、死んじゃったほうが、誰にも迷惑がかからないんじゃないだろうか。かといって、死を決意するほど勇敢な人間になんて、なれそうもない。

五月の風は、そちこちの邸宅から花の香りを運んでくる。私のような存在は、この庭付き一軒家の生活区域には異分子なのだと警告しているようだった。

あてもなく歩いているうちに、突然、家々が途切れた。電線のない広い夜の空に、鬱蒼《うっそう》とした木々のシルエットが影絵のように黒く張り付いている。

それは、見知らぬ公園の入り口だった。

門扉からつづく広い道が、街灯に照らされて奥へと伸びているのが見えた。

どこかにベンチがあるかも。

ふらふらと道の端を歩きながら、一休みできそうなところを探した。

しかし、たまに出現するベンチには猫が座っていたり、酔っ払いらしき若者がすでに横たわっていたり、カップルが見つめ合っていたりで、なかなか空きがない。

ずるずると引きずるような足音で、今さら、かなり疲れていることに気がついた。追い打ちをかけるように、ポツリと雨粒が頰に当たる。

どこか、屋根のある場所を見つけなくちゃ。

随分と広い公園のようで、まだまだ前方に道がつづいていそうだ。心なしか、虫の鳴く音も段々大きくなってきた気がする。

大きな道から木立の中へと伸びる、小さな脇道を見つけた。道の奥に、先客のいない東屋《あずまや》が街灯に照らされて佇《たたず》んでいる。

私みたいなやつでも雨宿りしていいよと、呼びかけてくれているようだった。

ふらふらと近づき、ようやく腰掛ける。背もたれに体を預けると、食後だったことも手伝って、急速に眠気が襲ってきた。固いはずのベンチがゆるりとたわんで、体が沈み込んでいく。

危ないよ、こんなところで眠っちゃ。

頭の片隅で声がするけれど、それでも、目を開けていられない。何度か派手に船を漕《こ》いだあと、とうとうバッグを枕に、私はベンチに横たわった。どろどろと深い場所へ落ち込みながら、ぼんやりと思う。

婆ちゃん、私、ホームレスになっちゃった。

目を開ける前に、ぼんやりと意識が戻ってきた。がさがさと四つ足の獣が草を掻き分けるような音につづいて、くぐもった話し声が聞こえてくる。

「なあ、これ、女じゃねえか？」

「ほっとけ。女なんかに関わってっとロクな目に遭わねえぞ」

風に乗って甘ったるい異臭が鼻に届く。どうやら男二人のようだ。瞼《まぶた》を開くわけにもいかず、私は狸寝入《たぬきねい》りを決め込んだ。

「でもよお、おっさんならただのゴミだけど、女だぞ。随分若いしなあ」

男が気の毒そうに呟いた。

意識がはっきりしてくるのにしたがって、昨夜は東屋の下で寝たことを思い出す。

そうだ、今日はホームレス生活一日目なんだ。

「なあ、寒そうだよ。せめて寝床から段ボールを持ってきて、かけてやろうか」

「そんなことして目でも覚ましたら騒がれるって。どうせただの酔っ払いだ。昼には消えてるよ。それに寝床に戻ってたら、猫まんまの時間に間に合わないぞ。食べてみてえっていったのは、おまえのほうだろ？　アラン会長に怒られても知らないけどな」

「大丈夫だって。猫の残したやつをちょっといただくだけだもの。それに、ダンさんだって知ってるだろ？　ハレのヒ食堂の猫まんまは、そこいらのレストラン顔負けらしいぞ」

「そりゃ、知ってるよ。新潟《にいがた》出身のカネさんが食って、ありゃぜったいコシヒカリだって断言してたもんな。土鍋でとろとろっと煮て甘みの出た米に、ちょっとにがり塩を利かせて、最新の遠赤外線グリルで焼いた鯖《さば》だの、鮭《さけ》だのの干物が、ほろほろっとほぐされて混ざってるんだもの。俺らが食べてるものよりよっぽど上等だ」

「うう、やっぱり美味《うま》そうだなあ。でも、この人も寒そうだなあ。俺、どうしたらいいんだろう、ダンさん」

「知るかよ。でもこの場合、色より猫まんまだろ。さ、行くぞ、ヨシ」

「でも――おい、ダンさん。待てって、待ってくれよう」

男たちの声が遠ざかっていくのを待ちかねたように、胃袋が盛大な音をたてた。

あ、危なかった――。

十分に足音が去ってから、ゆっくりと起き上がる。再びお腹が鳴った。やはりヌードルカップを一つ食べたくらいでは、ここ最近の餓《う》えは満たされないらしい。

昨日の雨から一転、今日は晴天だった。

どこからともなく、香ばしい焼き魚の香りが漂ってくる。

さっきのホームレスとおぼしき二人の会話を頭の中で反芻《はんすう》した。

はれのひ食堂って言ってたよね？　でも、猫まんまってどういうこと？

気がつくと東屋を出て、風上に向かってふらふらと歩き出していた。

香りを追って大きな道に出る。鼻をひくつかせながら歩いていると、途中、でっぷりと太ったタキシード柄の白黒猫が、後ろから追い越していった。追い抜きがてら、鋭い眼光をこちらに向け、鼻で笑うような顔をしたのは気のせいだろうか。あのふてぶてしい猫の後を追えば、食堂に辿《たど》り着けるに違いないと、直感が告げてくる。

空腹は、五感を研ぎ澄ます。普段は何事においてもボケ気味な私だけど、嗅覚も、聴覚も、第六感までも、平素を超えて鋭くなっているのがわかった。もっとも、これでようやく、人並みかもしれないけれど——。

やがて木立が途切れ、道の向こうの視界が開けた。突き当たりに、大きな池が朝日に照らされて横たわっている。風が渡るたびに、きらきらと水面《みなも》の光が大きく揺れた。まるで幸福の象徴みたいな美しい光景で、わずかに足が竦《すく》む。しかし、その風がこちら側にも届くと、やはりふらふらと歩き出してしまうのだった。なぜって、風に乗って届く香りが、どうしようもなく、焼きたての鯖なのだ。

タキシード猫を追う足元が何だかふらつくし、胃の切なげに鳴く音が、気がつけばいつにない痛みを伴っている。

この飽食の時代に、まさか食べ物に飢える日がこようとは想像もしていなかった。今までの人生で残してきた食べ物たちを、今、まとめて目の前に並べて食べ尽くせたらいいのに。

タキシード猫は、池のぐるりをとりまく遊歩道へと入っていった。心なしか焦っているような足取りを、こちらも懸命に追っていく。鯖が、どんどん強く香ってきた。つばきが湧いて、油断するとだらりとこぼれてしまいそうだ。

虫柱を避《よ》ける余裕もなく、歩きつづけた。猫のまるっと肥えたお尻を追いかけるうちに、ふと、捕まえて焼いたら美味しいのかなと想像してしまう。

やがて、池に面して一カ所だけ不自然に緑の途切れる場所があった。近づいていくと、草木が綺麗《きれい》に刈られ、地面が人の手で平坦《へいたん》にならされている。多分、上から見るとそこだけ凹《へこ》んで見えるだろう。さらに奥まった先にベンチが一つ、その脇に木の階段があり、上って小高くなった場所に木壁の一軒家があった。池に向かって上げ下げ窓が開いており、鯖はそこから香ってくるのだと鼻が察知した。あの窓の向こうは、台所に違いない。

再び階段の下に視線を戻した。そこには、ナアニャアと盛大に鳴く猫たちがいて、一心不乱に何かを貪り食っている。例のタキシード猫は、他の猫たちを押しのけて、一人で一皿を独占し、尻尾をゆらゆらさせながら食べはじめたようだ——あれがきっと、噂《うわさ》の猫まんまだ。コシヒカリをとろっと土鍋で煮たやつだ。遠赤外線で焼いた鯖を、ほろほろっとほぐして振りかけてあるやつだ。

一歩、猫たちに向かって踏み出す。何匹かが、耳をぴくりと震わせてこちらを一睨みした。タキシード猫も、殺気を放ってこちらを見る。

息を詰めて立ち止まり、タキシード猫が食事に戻ったのを見計らって二歩目を踏み出した。三歩、四歩、近づくにつれ、猫たちが音を立てて食《は》むおまんまの香りが、胃袋を猛烈に刺激してくる。

もう、たまらなかった。瞬間ただの獣になり、私は、タキシード猫の猫まんまに向かってダッシュした。誰かが「危ない！」と叫ぶのが聞こえたけれど、もう止まらない。四つん這いになって、猫の脇から割って入ろうとした途端、ものすごい威嚇の声とともに、胸元に熱に似た感覚が走った。鋭い痛みが、少し遅れてやってくる。

「ぎゃあ！」

猫同士が争っているような悲鳴は、自分が上げた声だ。こめかみから乱暴に血の気が引いていく。目の前が先ほどの水面みたいにちかちかと瞬き、すぐ鼻先にまで迫っていた鯖の香りも、ふくよかなお米の香りも、どこかへ遠のいていく。こちらを睨《ね》め付けるタキシード猫と目が合ったのを最後に、視界が、どんどん狭まっていった。

いつの間にか、海際の磯辺に立っていた。手に持っているのは銛《もり》だ。澄んだ水の中を鮪《まぐろ》や鮭、鯖に鰯《いわし》が、悠々と泳いでいる。あとは銛で突くだけだった。

お腹に力を込めて、狙いを定めると、ふっと息を吐いて水面へと銛を突き刺す。しかし、今そこを泳いでいたはずの魚は、次の瞬間には全く別の場所へと移動してしまい、一向に捉えることができない。突いても、突いても、銛は虚《むな》しく水面を揺らすだけだ。

盛大にお腹が鳴った。ニャアとどこかで海猫が鳴いた。海猫は、ニャアと鳴くから海猫なのかと変に腑に落ちたところで、目が覚めた。

「あ！　晴子さん、気がついたみたい」

やけにすべすべした紅色の頬の女性がこちらを見下ろしていた。二、三歳年上だろうか。くりっとした瞳が印象的な顔を近づけてくると、風船みたいに膨らんだお腹もいっしょにせり出す。どうやら、妊婦さんのようだ。身じろぎすると、鎖骨から胸にかけてびりっと電流を流したような痛みが走った。思わずうめき声を上げる。

「起き上がるならゆっくりのほうがいいですよ。ブンタにやられたんですから」

女性は気の毒そうに告げると、大儀そうに身を起こしてこちらに背を向けた。

「晴子さん、聞いてます？」

「ごめん、今手が離せないから」

向こうから、別の女性の声が応えた。こちらに背を向け、何かを一心不乱に布で磨き込んでいるらしい。だんだん、陶器製の白猫だということが判《わか》ってきた。女性はこちらを見ないままだったけれど、猫の青い目が、彼女の肩越しにこちらを見つめている。

妊婦さんは「まったくもう」と独りごちると、再びこちらにかがみこんだ。

「ここがどこだか、わかります？」

　ゆっくりと首を左右に振る。

　店の中には、強い郷愁を掻き立てる匂いが充満していた。DNAそのものに記憶された匂い、遥《はる》か遠い祖先が、洞穴の中で家族と嗅いだ匂い。魚の皮が炙《あぶ》られて脂をしたたらせる匂いだ。体中が、この、命の素を求めているのが感じられた。

　そうか、きっと私は、遠い祖先が海辺に立った時の光景を見ていたんだ。

　まだ覚醒しきれない頭で、ぼんやりとそんなことを思う。さっきの痛みが、辛うじてここが現実だと教えてくれていた。

　やがて、胃壁同士がこすれ合うような、切なげな音が響いた。それを恥ずかしいと思う余裕もない。

「猫まんまに手を出そうだなんて、よっぽどお腹がすいてたんですね」

妊婦さんが、憐れむように目を細める。

「傷口は消毒して薬を塗っておきましたから、化膿の心配はないですよ」

こちらを安心させるようにゆっくりと告げる姿は、看護師さんみたいだ。

「晴子さん、お粥《かゆ》、できましたか?」

「うん。こっちはいつでもいいよ」

いつの間にか厨房《ちゅうぼう》らしき場所へと入っていたさっきの女性が、やはりこちらに背を向けたまま返事をした。妊婦さんが問いかけてくる。

「あなた、起き上がれそうですか?」

「――はい、多分」

手を貸してもらって、そろそろと身を起こす。引っ掻き傷の痛みはあったけれど、身を庇《かば》いながらだと、さっきよりはマシだった。

起き上がってみると、自分が飲食店らしい建物の中の、ベンチ席に寝かされていたのだと気がついた。カウンターの五席に加えて、テーブル席が二つあるきりの狭い店内だ。満員になったら、店員が動き回る隙間もなさそうだけれど、窮屈さをあまり感じさせないのは、公園の池を見渡す大きなガラス窓のおかげだろう。

厨房にも上げ下げ窓があり、こちらに背を向けたさっきの女性が、せわしげに立ち働いていた。

あの窓、公園から見た窓だ。じゃあ私は、さっきの建物の中にいるんだ。

「あなた、お名前は？」

きょろきょろと視線を走らせる私に、妊婦さんが尋ねた。

「あ、大家深幸です」

「大きい谷？」

「いえ、そうじゃなくて、大きい家と書いて大家です」

大家なのにホームレスです、と心の中だけで呟く。笑ってもらえなそうだから、口には出せなかった。

「珍しいお名前ですね」頷《うなず》いた妊婦さんは、自分は小夜《さよ》だと名乗る。

「さ、ゆっくり立ち上がれますか？　今、お粥を出しますから」

小夜さんが大儀そうに移動して、カウンターの椅子を引いてくれた。

「あ、でも私――」

お金、ありませんから。

告げるべきなのに、あまりにも場違いな気がして言葉が出てこなかった。ここは、普通にお金を持っていて、お腹いっぱいごはんを食べたあとに、お財布からお金を支払える人の場所なのだ。

「もう、いいんです。ご迷惑をおかけして、すみませんでした」

慌てて立ち上がると、それまで背中しか見えなかったカウンターの向こうの人物が、はじめてこちらに顔を向けた。

「もし迷惑じゃなければ、ぜひお粥を食べてください。ブンタの粗相のお詫《わ》びです」

美貌の持ち主というのは、こういう人のことを言うのだろうか。私は、軽く息を呑《の》んだ。

化粧っ気の感じられない顔はどこか中性的で、形のいい眉の下では、長い睫毛《まつげ》がアーモンド形の瞳を濃く縁取っている。薔薇色《ばらいろ》の頬に、やや膨らみのある唇は朝露に濡れる赤い実のようだ。

むしろ少女漫画の中が似合いそうなこの人物の存在が、この場所をどこか浮き世離れしたものに変えていた。

「晴子さんもああ言ってるし、本当にブンタの粗相のお詫びですし、朝ごはんを食べてってください。ね？」

小夜さんの口調には、濃い同情がにじみ出ていた。さっきから出てくるブンタ、というのは、私に傷をつけたあのタキシード猫のことだろうか。そして厨房に立つ女性は、晴子さんというらしい。

今の状態を恥じるべきなのに、朝ごはんと聞いてもう口の中に唾が湧いている。

「さ、どうぞ腰掛けてください」

立ち上がって歩こうとすると、まだ足元がふらついていた。小夜さんがさっと腕を摑んで席まで誘導してくれる。

「すみません」

「小夜さん、大家さんにお茶を淹れてくれない?」

晴子さんの言葉に黙って頷くと、小夜さんは厨房の中へと入っていった。二人が立つともうそれでいっぱいのようだ。

カウンター席につくと、朝日が柔らかな帯になって店の中に差し込んできた。そのスポットライトを浴びるようにして、深皿が置かれる。

湯気をくゆらせるその皿の中には、じっくりと煮詰めたらしいお粥が、なみなみとよそわれていた。

とろりと煮崩れたお米は、乳白色の汁の中に優しく沈んでいる。その上には、揚げワンタンの皮、そして刻んだ青ネギ、おろし生姜《しょうが》が載せられていた。

その見た目は、わずかに残っていた理性を吹き飛ばすには十分だった。

レンゲを手に取るや否や、夢中ですくい取って口へと運んだ。少し冷ましてあるらしく、ぬるめの温度で口に入れやすい。味付けは軽く塩を入れてあるくらいのようだけれど、溶けたお米は優しい甘さで、薬味で程よく風味づけされている。次々と掻き込んでいる間に、あっという間になくなってしまった。

空になった器を見て、はっと我に返る。次はいつ食べ物にありつけるかもわからないのに、よく味わいもせずに夢中で食べてしまったのだ。もうお皿には米一粒も残っていない。

それでも、見知らぬ相手に、お代わり、とねだらない自制心は辛うじて残っていた。

空っぽだった胃に食べ物が送り込まれ、ぽかぽかと体の内側から生気が甦ってくるのがわかる。頰が紅潮し、軽く汗ばんでさえいた。

そこへ、私らしくもない幸運な出来事が起こった。

晴子さんが、無言でもう一皿のお粥を差し出したのだ。驚いて顔を上げると、もうこちらに背を向けて作業に戻っている。

「卵を溶いた味噌粥《みそがゆ》も良かったらどうぞ。人参《にんじん》やほうれん草、それに散らしてあるワケギは、晴子さんの畑で採れたものなんです」

小夜さんが、お茶を差し出しながら教えてくれた。

「ありがとうございます」

今度こそ、ゆっくり味わって食べよう。

レンゲを手に取り、日だまりのように佇む卵粥をそっとすくった。先ほどのシンプルなお粥に慣れていた舌に、濃密な味が展開されていく。これは出汁味噌粥だ。風邪を引いた時に婆ちゃんがつくってくれたものと味がよく似ている。口の中で溶けるほど柔らかく煮てある野菜やごはんを、お味噌と卵が、ふんわりとほどよい塩気で包み込んでいた。何の出汁だろうか。上品な香りが、鼻の奥にほのかに抜ける。

体がさらにぽかぽかと温まり、実家の縁側で何の心配もなく日向《ひなた》ぼっこをした時のような、平和で満ち足りた気持ちが胸の奥深くからわき出してくる。

気がつくと、お腹の底から満足の吐息をもらしていた。

「ごちそうさまでした」

レンゲを置いて、頭を下げる。

「もういいんですか。今、かに味のお粥を仕込もうと思っていたんだけれど——でも確かに、あまり一度に食べては胃に刺激が強すぎるかもしれない」

生真面目な顔で一人納得する晴子さんの声に、あ、と今さら気がついた。

そうか、私があまり食べていないのを察して、胃に優しいものをわざわざ出してくれたんだ。

申し訳なさと恥ずかしさで、今さら、顔が赤くなってきた。胃袋が急な食料補給に驚いたのか、性能の衰えたエアコンみたいな音を立てて働き出している。

小夜さんが、ふう、と息を整えるようにして、隣に腰掛けた。臨月近くなのだろうか。かなりお腹が重たそうだ。

「開店まであと一時間近くあるから、まだゆっくりしていてくださいね」

片手でお腹をさすりながら、もう片方の手でほうじ茶を啜《すす》っている。

「ここ、定食屋さんか何かですか?」

「ええ、朝ごはん専門のお店。ハレの日食堂っていうんです。ハレとヒだけカタカナで、のは平仮名ね。良く言えば知る人ぞ知るお店だけど、聞いたことないですよねえ」

おずおずと頷いてみせる。夜しか開かないお店はいくらでもあるけれど、朝ごはん専門というのは生まれて初めて聞いた。

「ランチや夜ごはんはやってないんですか」

「そうなの。変わってるでしょう? 店主が、早寝早起きだからね。八王子で、畑を耕したり鶏を飼ったりしてるんです。ここで使う食材をなるべく自作して、わざわざ吉祥寺まで運んできてから調理して、朝の七時に開店するわけ」

呆《あき》れたような小夜さんの声に、きびきびと立ち働いていた晴子さんが口を挟む。

「確かに、毎日九時には就寝するけど、次の日の四時に起きるんだから、総合睡眠時間は七時間で普通だよ」

おおよそ普通とはかけ離れたスケジュールだけれど、黙って頷いておいた。

「まあ、そんな感じだから、ランチや夜まで手が回らないんです」

晴子さんが肩を竦める。その姿を見上げると、何とはなしに厨房の様子が目に入った。こぢんまりとしたスペースは、ものすごくすっきりと整頓されている。道具類は収まるべきところに収まり、シンクの中には、洗い物の一つも溜《た》まっていない。多分、段取りや何かが完璧なのだろう。

「小夜さん。悪いけどこれ、今日もアラン会長に持っていってくれる？」

「はあい」

お盆に載せられた朝ごはんが、カウンター越しに出てきた。もうお腹はいっぱいだったけれど、本能が働くのか、目が釘付《くぎづ》けになってしまった。

「焼き魚は鯵《あじ》の一夜干しで、小鉢はだし巻き卵、それと揚げ出し豆腐と青梗菜《チンゲンサイ》のさっぱり煮。白米は会長ご贔屓《ひいき》の特A米〝棚田の誉《ほま》れ〟だって伝えて。香川から取り寄せたあご出汁でつくったお味噌汁は、ネギとお豆腐ね。あとは朝採れ野菜のサラダに、口直しのデザートはヨーグルトのハチミツがけ」

「うわあ、おいしそう。今日こそ褒めてもらえますかねえ」

「さあね。あの人、きっと歳《とし》のせいで舌も耄碌《もうろく》しちゃってるんだから」

小夜さんが、晴子さんには見えないようにさっと目配せしてきた。意図がわからずに、二、三秒止まっているうちに、小夜さんが晴子さんに視線を戻す。

いつもそうだ。相手の考えていることがわからなくて、ごちゃごちゃと考えているうちに、相手はもう別の方向を向いている。

「じゃあ、行ってきますね」

小夜さんがカウンター席から立ち上がるのと同時に、「あいたたたた」とお腹を押さえて、再び座り込んでしまった。

「大丈夫ですか！？」

とっさに両手を差し出したけれど、支えられる自信もないし、得体の知れない人間に触られるのは嫌かもしれないと気がついて、慌ててさっと引っ込める。

「大丈夫、大丈夫。すごい勢いで蹴ってきたから。男の子のせいか、力が強くって。道を歩いてる時なんかでも、時々うって息が止まりそうになるくらいの力で蹴るの。困っちゃうわよね」

言いながら小夜さんは、きれいな三日月みたいに目を細めてお腹をさすった。そのまま立ち上がってお盆を持とうとするのを、今度は晴子さんが慌てて止める。

「あ、ごめんごめん。今、赤ちゃんが起きてるんでしょう。私が運んで来るから、小夜さん、店番を頼めるかな」

「え、いいですよ。晴子さん、まだ下ごしらえ残ってるし。アラン会長にも会っておきたいし」

「あんなじいさんの顔を見たって何にもいいことないんだから。もしお客さんが来たらちょっと待っててもらって」

「もう、心配しすぎですったら」

お互いに、自分が行くといって譲らない。とうとう、二人でお盆の端と端を持ち合ってしまった。

口を挟みたかった。多分、私が持っていくのがいい。私ならお腹も大きくないし、店の厨房に立つ必要もないし、おまけに空腹で倒れたところをご馳走《ちそう》までしてもらったんだし、この先二度と訪れないかもしれない恩返しのチャンスだ。

だけど——私は人一倍、鈍くさい。そのアラン会長とかいう人のところに届けるまでに、道の石につまずいて転んでしまったら責任が取れない。第一、晴子さんのメニューさえ覚えきれていないのに、どうやって伝言すればいいのだ。アラン会長がどこにいるのかも知らない。やっぱり、小夜さんの代わりなんて無理だ。

諦めようとした時、お粥を消化している胃袋が、非難するような音で鳴った。

わかってる、わかってるよ、私だって。

相変わらずちりちりと痛むブンタのひっかき傷も、胸をかき乱す。そっと指で押さえると、軟膏《なんこう》がぺとりと指先についた。

——私、何やってるんだろう。こんなに色々してもらったのに。

よく考えたら単純にお盆を運んで行くだけだ。こんなにうじうじ悩むほどのことじゃない。けれど、こうして悩んでいる間に結局、晴子さんが届けることに決まってしまったらしい。ジーンズにボーダーのカットソー、後ろ髪を一本に束ねたすらりとした姿を厨房からこちら側へ現すと、さっとお盆を持ってしまった。

「あ——」声を掛けようとしたのと同時に、小夜さんがこちらを向く。

「そうだ。申し訳ないけど、深幸さんにお願いできない？」

「――はい⁉」

突然の提案に、声が裏返った。

「いや、お客様にそんなことをさせるわけにはいかないよ」

晴子さんが歩きだそうとする。

ダメだ。このままじゃ、ずっと恩返しできなかったことを後悔するかもしれない。

「あの、私で良ければ、行きます！」

どうしてこんなに声を出せたのかわからない。もしかして、彼女の作ってくれた、とびきりの二杯のお粥が、いつにない力をくれたのかもしれない。とにかく、大きな、むしろ大きすぎる声が出た。

「ほら、こんなに言ってくれてるんだし、お願いしましょうよ」

小夜さんも、口添えしてくれる。私の声の迫力に驚いたのか、晴子さんも、思わずといった調子で頷いた。

「はあ、それじゃ、あの、お願いします」

こうして私は、アラン会長という謎めいた人物のところへ、朝ごはんを届けることになったのだった。

お盆の上のお皿には、すべてぴっちりとラップがかけられ、多少の揺れではこぼれたりしないようになっている。私は、裏口から店を出て、今朝と同じように大池に沿った小径《こみち》を歩きはじめた。木々の葉が地面に濃い影を落としている。日の当たる頬が少し痛いような晴れの日だった。

そういえば、雨の日でも、ハレのヒ食堂か。ホームレスでも私が大家さんと呼ばれるのと少し似ている。

道に沿ってまっすぐ行くと、桟橋のちょうどはす向かい辺りに、バッテン印のついた樹《き》の幹があるらしい。その樹の脇の背の高い雑草を分け入ると、小さな獣道のような通路が現れる。そこを辿っていった土地に、アラン会長と呼ばれる人物はいるらしかった。

——アラン会長という名前を、どこかで聞いた気がする。記憶を辿ってみたけれど、食堂で目を覚ます以前のことはすべて、空腹という強烈な体験で埋め尽くされていて、はっきりとは思い出せなかった。

改めてお盆に載せられたごはんを見てみる。

蒸気でラップが曇ってはいたけれど、水滴が垂れたあとからのぞく白米は、一粒一粒、磨き上げられたようにつやつやと輝いていた。棚田の誉れ、というのは富山県の特A米だそうだ。

特A米というのが何のことかわからずにいると、晴子さんのほうから補足してくれた。

「日本穀物検定協会っていう法人が実施するお米の評価試験があってね。特A米っていうのは、その中で最高ランクのお米なの。まあ、簡単に言うと、とびきりおいしいお米ってこと」

他人に届けるものながら、ごくりと喉がなった。舌先にまだ残っているほんのりと甘いお粥の風味。あれも、棚田の誉れを使用していたのだそうだ。

その他にも、鰺の干物は築地で仕入れた鮮魚を晴子さん自ら自宅で一夜干しにしたものだし、だし巻き卵も築地の職人さんに頭を下げてレシピを教えてもらったものだという。

「何をやるにも凝り性なのよねえ。思い詰めやすいっていうか」

テーブルを拭いていた小夜さんの横顔が晴子さんに向いて、ほんの少し曇った。晴子さんは聞こえたのか聞こえなかったのか、小夜さんの声には応えない。代わりに、私にお盆を手渡し、アラン会長への伝言を記したメモ書き付きで送り出してくれたのだった。

――ええと、バッテン印のついた樹って、これのことだよね？

晴子さんから聞いていた通り、桟橋のはす向かいに生えている大木の幹の一つに、明らかに人の手によって刻まれた傷がついている。脇には背の高い雑草が生えていて、人が入って行けるような見かけではないのだけれど、注意してみるとわずかに左右に開いている細い空間があって、そこを伝っていくことにした。

「うわっぷ」

野放図に自生するススキの若穂が、頬にも、手に持っているお盆にも襲いかかってくる。伸び盛りの植物が発する、青臭い匂いが鼻をついた。それでも強引に歩みを進めていくと、突然、視界が開けた。

——こんなところに、畑？

確かに公園の中のはずなのに、そこだけ円状に木々が伐採され、意図的に整備された芝生のようにクローバーが密生していた。しかも、半円の左上四分の一は、少なからぬ面積の畑になっている。植えられた蔓《つる》状の野菜には、ミニトマトらしき青い実が育ちかけていた。その他にも、地植えの野菜が数種類は見てとれたけれど、何が植えられているのかは定かでない。

右半分には、ビニールと材木を組み合わせたテント——と便宜上そう呼ぶことにする——が見えた。

「ここ、だよね」

とまどいながらも呼びかけてみる。

「あの、ごめんください」

反応は特にない。おそるおそる、テントのほうへと近づいてみた。驚いて飛び立った小鳥にこちらも驚いて、「わっ」と小さく叫んでしまう。

「騒々しいな、開いてるよ。見りゃわかんだろ」

少し嗄《しわが》れた、けれどよく通る声が答えた。小さい頃に聞いたお化け屋敷の呼び込みみたいな、迫力のある声だった。

「あの、ハレのヒ食堂から、朝ごはんをお持ちしました」

さらに近づいていくと、テントの中が見えてきた。ビニールの内側は段ボールで補強されており、床面には何が敷き詰められているのか、一段高くなっていた。ダイニングのようにテーブルセットが置かれ、その上には、ワンカップの空き瓶に野の花まで生けてある。

そのテーブルセットの椅子に腰掛けて、悠々とタバコをふかしている色黒の皺《しわ》深い人物がいた。おそらく、彼がアラン会長だ。

会長は、出し抜けに尋ねてきた。

「誰だ、あんた」

「あ、ええと私は、大家深幸と言います」

「なんだ、小夜はどうしたんだ」

「私はただの代理で――小夜さんのお腹を赤ちゃんが蹴ってそれで、ええと危ないってなって、晴子さんが自分が運ぶというので」

「説明は簡潔に！」

「――すみません！」

頭を下げた拍子にお盆に載った皿がずずっとズレて、わ、わ、とバランスを崩す。

「危ねえ」

　後ろから支えられて顔だけ振り返ると、いつの間に来たのか知らない人物が立っていた。ものすごい異臭が鼻をつく。

「おうヨシか、おまえがここまで持ってきてくれや」

　ヨシ、と呼ばれたホームレスらしき男性は、私からお盆を受け取るとアラン会長の待つテーブルまで運んでいった。

「今日の献立はなんだ」

「あ、ええと」

　慌ててくしゃくしゃになったメモを開き直すと、会長にメニューを告げる。会長は仏頂面のままで聞き終わると、おもむろにラップを外し、両手を合わせて頭《こうべ》を垂れた。日本人なら誰でもやる何気ない習慣なのに、アラン会長が行うと、まるで数千年も受け継がれてきた神聖な儀式に見えてしまう。

「いただきます」

　アラン会長の一挙手一投足を、なぜか息を詰めて見守った。王様の食事を見守る、料理長のような気分だった。

　実際、アラン会長の食事の様子は、いかにも優雅で威厳があった。着ているものはボロのコートに穴の開いたチノパンだし、食事場所はただのビニールテントの中なのに、まるでここは宮廷だ。言葉は乱暴な人だけれど、彼の目は嘘の感じられない澄んだもので、よく見ると佇まいには野性味と同じくらい強く、品格が同居している。今のボロがしっくりくるのと同様に、銀座で仕立てた高級生地のスーツを着こなす彼も容易に想像がついた。

ヨシさんが、再び私の横に立った。ちらちらとこちらを見ているのがわかって、私も彼に視線を移す。でも、目が合った途端にぱっと逸らされてしまった。アラン会長を見つめたまま、ヨシさんがおずおずと呟く。

「あのよお、あんた今朝、東屋んとこで眠ってた人だろ」

あっ、とようやく思い出した。

彼は、今朝、東屋をすり抜けていった人だ。アラン会長のことは、このヨシさんともう一人のホームレスの男性から、夢とうつつの間の状態で聞いたのだ。

猫まんまの美味いハレのヒ食堂のことや、アラン会長に怒られないかと話す二人の男性の会話が、耳の奥に甦ってきた。

「その傷、ブンタにやられたんだろ。よりによってブンタの食事中に割って入っちゃダメだあ。俺たちが助けなかったら、目ん玉ひとつ潰されるとこだったぞ」

「助けて、いただいたんですか？」

「あ、いやあ。あん時に偶然茂みに隠れてて、大きな声出しただけだけどさあ」

気の弱そうな、いかにも人の好《よ》さそうな顔をしたヨシさんは、すぐに真顔になった。

「あんた、物騒だから、もう東屋になんて寝ちゃダメだ。外から来る悪い奴だっていっからな」

外、というのは、公園の外ということだろうか。

きちんとした場所で寝たいのは山々だけれど、あそこ以外に雨をしのげる場所を知らない。あいまいに頷いていると、アラン会長のささくれだった声がした。

「ダメだな。サラダ以外は全然ダメだ。棚田の誉れがこの炊き方じゃあ、不名誉で泣いてるよって伝えとけ」

「――美味しく、ないんですか？」

近づきながら、おろおろと尋ねる。あの、感動もののお粥をつくってくれた人だ。晴子さんがつくるこだわり素材の朝ごはんも、さぞかし美味しいだろうと思っていたのに。

会長が、ふんと鼻息を吐いた。

「おうヨシ、残り食っていいぞ」

「ほんとですか⁉　うわあ、こんなに残ってるのにすみません」

ヨシさんは目を輝かせて駆け寄って行く。

「食器は、あとで食堂まで持っていくから」

私に向かってそう言うと、お盆ごと朝ごはんを持って、茂みの向こうへと消えていってしまった。

「おい、あんた」

アラン会長の声がお腹に響く。びくりと肩が震えた。会長の鳶色《とびいろ》の目が、猛禽類《もうきんるい》のそれのように私を捉える。

「この公園で寝泊まりしてるってのは本当か」

「は、ええと、いいえ、その――」

途中で舌がもつれ、何とか答えようとしているうちに、そもそもの質問が何だったのかわからなくなった。会長が、ちっと舌打ちをする。

「恐いか」

「え?」

「俺の顔は、そんなに恐いかって聞いてるんだよ」

それこそ、恐ろしくて本当のことは言えなかった。恐いに決まっている。でも、どこか優しさも感じられる。例えるなら舌が痺《しび》れるような辛さの奥深くに、複雑な旨味を秘めている麻婆《マーボー》豆腐のようだ。

「あの、ええと、まー、いえ、あの――」

麻婆の例えを口にしていいのかどうかわからずに、再び舌がもつれた。

アラン会長の目に、微かな憐れみの色が浮かんだ。ああ、家族以外の人にもこういう表情をさせてしまったと、心のどこかが少し壊死《えし》する。

「まあいいや、質問を変えるけどな。あんた、今日もこの公園で寝るつもりか」

　おずおずと頷いたあとで、はっと気がつく。

　会長はきっと、この公園の主《ぬし》みたいなもので、許可も得ずにあそこで寝泊まりしていた私に対して怒っているのだ。

「すみません。私、何の断りもなくベンチにお邪魔してしまって。でもあの――お金とか、お支払いするものがもうなくて。もしも何かご不便があれば、お手伝いならできます。すみません、何も知らなくて。その、アラン会長がここの主だとか、そういうの」

「ちょ、ちょ、ちょ。いいからちょっと待て。なんだよ、そんなに喋《しゃべ》れんのか」

　確かに、謝罪の言葉ならいくらでも出てくるのが悲しい。

　ずずっとお茶を啜って、会長がふうと息を吐き出した。

「いいか、まず第一にだ。さっきヨシが言った通り、ここはあんたが思ってるよりずっと物騒だ。夜になるとごくたまにだが、外から性質の悪い若造《たち》たちがやってくる。すぐにパクられるが、警察が到着した頃には手遅れってこともある」

　会長の言うことは、ワリキリ未遂をした身にはよく染みた。ホームレスを殴って遊ぶ若者たちだってきっといる。

「第二に、俺はここの主でもなんでもねえ。人を大蛇か何かみたいに言うのはやめろ」

「すみません」

「第三に、すぐ謝るのもやめろ。かえってバカにされてる気になる」

「す――」

謝りかけて、慌てて口を噤《つぐ》む。たたみかけるように、アラン会長は尋ねてきた。

「あんた、あすこで働く気はあるか」

「――へ⁉　あそこってどこですか」

「あすこっつったら、あすこだ。ハレのヒ食堂だ」

「食堂で、ですか。でも私、料理は全然ダメで――」

どちらかというと、食べるのが私の専門だ。

「誰もあんたにそんなこと期待してねえよ。給仕をやらないかと聞いてるんだ」

言われた瞬間、お盆に載ったお皿を、つまずいてあたりにまき散らしている自分が見えた。お客様にお茶をうまく注《つ》げずに、湯飲み茶碗《ぢやわん》の脇に注いでいる姿が見えた。給仕するテーブルを間違える、言われた注文を覚えきれない、常連さんとうまく会話できない、ありとあらゆる失敗を犯す未来の自分が見えた。

みんなが簡単そうにやっているコンビニのバイトでも、レジ打ちさえ器用にできず、いつも長蛇の列をつくっていたのだ。そのせいで、一ヶ月も経たずにクビになってしまった。

だけど――、仕事がもらえるの？　もしかしてすぐにクビになるかもしれないけれど、お金がもらえるの？

頭の片隅で、切実な声が囁《ささや》く。

「どうなんだ？」

会長の言葉に、ゴクリと喉がなった。

「え、あの、ですから――」

もしも家があったら、確実に断っているだろう。だって、相手をがっかりさせた上に追い出されるのなら、最初から話を受けないほうがマシだ。けれど、今の私には選択肢なんてない。家もなく、パスモの残金はたったの二百円ちょっと。実家にだって、居場所はすでにない。

「いいから、イエスかノーかで答えろ」

苛立《いらだ》ったような声に、ようやく小さな声で告げた。

「イエスです。あの、給仕、やらせていただきます」

頭を下げながら、ふと疑問に思った。なぜ、このアラン会長が、ハレのヒ食堂の給仕を探しているんだろう。だって彼は、この公園の一角に住み着く一介のホームレスだ。でもその割に、本格的に畑を耕していたり、妙な威厳があったりして、やはりただものではない雰囲気を醸しているのだけれど。

あまり深く考えても混乱するばかりだとわかって、会長についてそれ以上思いを巡らせるのはやめた。

「顔、あげろ。頭下げられんのも好きじゃねぇ」

姿勢をもとに戻しながら、再び謝りかけて、急いで息を止めた。謝らないというのは、私にとってかなり難しいことだった。

「ほら、これを持ってけ。晴子に渡せば、すぐに話は済むから」

アラン会長は、私が頭を下げている間に、晴子さんへの伝言を書き上げたらしい。見ると、一筆箋に、流麗な文字が連ねられていた。ペン習字のお手本をほんの少し崩したような、見事な字体だった。曰《いわ》く、

『晴子どの
この度、給仕におおやみゆき氏を推薦いたします。人品卑しからぬ御方と存じます。宿、食事ともども、よろしく御高配くださいますよう。

鋤鍬』

さっと目を通して、宿、食事ともども、という部分から目が離せなくなった。二、三秒、受け取ったばかりの一筆箋を見つめていると、アラン会長の不機嫌な声が飛んでくる。

「俺は、長居されるのも嫌いだ」

謝罪の代わりに頷きを返すと、急いで踵《きびす》を返し、その不思議な空間から逃げ出した。

来た時と同じように雑草を掻き分け、大池沿いの小径へ出る。剝《む》き出しの一筆箋をくしゃくしゃにしてしまわないようにそっと指先でつまみ、ハレのヒ食堂の裏口まで戻った。

しかし、あとは扉を開けて中へ入るだけ、というところまで来て、足を踏み出すことができなくなった。

自分はあのアラン会長のもとから、仕事の推薦状を携えて帰ってきたのだ。しかも、仕事だけではなく、宿、食事までかかっていると思うと、店の二人にどんな反応をされるのか恐ろしかった。

猫まんまを奪って食べようとした一際鈍くさそうな女が給仕になるなんて、きっと彼女たちだって嫌に違いない。

この狭い店内で毎朝顔をつきあわせる相手だ。それを他人に言われて決めることからして不自然だ。晴子さんとアラン会長の間に、何か言うことを聞かざるを得ない恩義でも存在するなら別だけれど——。

今朝、自分が猫まんまを狙っていた場所で突っ立ったまま動けずにいると、ドアのほうが勝手に開いた。

「あら、今帰ってきたの？」

小夜さんが、にっこりと笑いかけてくる。けれどその顔色は、どことなく青ざめていた。ふうと息を吐きながら、お腹をさすっている。

「面白い人だったでしょう、アラン会長って」

「はい、あ、いえ。ええと——」

言葉に詰まっていると、小夜さんが気怠《けだる》そうに手を振った。

「いいのいいの。一言じゃとても言い表せない人だもの」

小夜さんは笑ってみせたけれど、やはり少し、しんどそうだった。

「あの、大丈夫ですか？　座ったほうがいいんじゃあ」

「そうね、そうさせてもらおうかな」

言いながら、小夜さんは裏口から公園側の地面につづく階段をえっちらおっちらと降りて、ベンチの端に大儀そうに腰を落ち着けた。

「今日は何度も蹴るもんだから参っちゃって。お腹の中でダンスでもしてるのかな」

「いつ、産まれるんですか」

「六月よ」

答える小夜さんは、青ざめていても幸せそうで眩《まぶ》しい。そして、私が指でつまんでいる一筆箋に視線を移すと、小夜さんの姿はさらに輝きを増したように見えた。

「深幸さん、アラン会長のテストに合格したみたいね。そうなるといいなあってお祈りしてたの——あ、もちろん、深幸さんが良ければってことだけれど」

「テスト、ですか？」

小夜さんの意外な言葉に、オウム返ししてしまう。

「そう。私が産休に入るから、ずっと次に働いてくれる人を探していたのよ。募集もしたんだけど、なかなかアラン会長の気に入る人が来てくれなくて、困ってたところだったの」

それでさっき、私にお盆を運ばないかと持ちかけたのだろうか。戸惑いを隠せずにいると、小夜さんが申し訳なさそうに肩を竦めた。

「深幸さんも、その、落ち着ける場所があったほうがいいと思ったし。会長、そのあたりのことも、きちんとするように書いてくれたでしょう」

無言で頷きを返す。小夜さんは、私に帰る場所がないってことに最初から気がついてたんだ。

「でも、私なんかで、その、――いいんでしょうか」

「いいも何も、アラン会長のお墨付きだもの」

「でも私、とろいし、給仕なんてとても――」

うじうじと言い募る私に、小夜さんは辛抱強く接してくれる。大抵の人は、もうとっくに怒り出しているはずだ。むしろ、そうしてもらったほうが安心する自分がここにいる。

失望されるなら、早ければ早いほどいい。

「今の晴子さんには、あんまり出来る人じゃないほうがいいのよ、多分。少しくらい手間をかけさせてやって。ね？」

「はあ」

小夜さんは、やっぱり怒ったりせず、幼子に言い含めるような声を出す。

それにしても、出来る人じゃないほうがいいなんていう給仕の募集は聞いたことがない。

じゃあ、お皿をしょっちゅう割ったほうがいいのか、とか、注文を取り違えてもいいのか、とか聞きたかったけれど、もちろんそんな勇気は出ない。

そのうちベンチから立ち上がった小夜さんに腕を引かれるようにして、食堂の中へと戻った。

「さ、深幸さん」

小夜さんに促されて、おずおずと晴子さんに会長からの推薦状を渡す。

「アラン会長がこれを？」

一筆箋に目を通す晴子さんを、直視することができなかった。

がっかりするに決まってる。なかなか決まらなかったバイトが、よりによってこんな奴だなんて、絶対に――。

「鋤鍬なんてわざわざ俳号なんて使ってさ。あの偏屈じいさんらしい気取った手紙。でもまあ、ようやく決めてくれたか。もし深幸さんさえよければ、私からもお願いしたいんだけど――」

凛々《りり》しい一文字眉をやや下げ気味にしてこちらを見る晴子さんは、予想通り、がっかりしているようにしか見えない。怖《お》じ気《け》づいたまま黙っていると、晴子さんが尋ねてくる。

「ダメ、かな？」

「あ、いえ、ダメなんてことは――」

小夜さんが、ほおっとお腹をさすった。

「良かった。これで決まりね。私が引き継ぎするから、あんまり心配しないで。ね？」

そう言われても不安だらけだったけれど、とりあえず頷くしかない。

「それで、家、のことなんだけど、どうしようか。アラン会長に世話してもらうこともできると思うけど――」

「晴子さんの家があるじゃないですか」

私が口を開く前に、小夜さんが言った。

「え、私の家⁉」

晴子さんも驚いていたけれど、私も全力で首を振った。

「そんな申し訳なさすぎます。いきなり居候なんて――」

それに、出会ったばかりの人の家に住むなんて、私としても気が重い。私同様、戸惑っている晴子さんに、小夜さんが諭すように言った。

「だって、アラン会長なら深幸さんの宿の手配くらい出来るはずなのに、わざわざ晴子さんに〝宿、食事ともども、よろしく御高配くださいますよう〟なんて書いてきたんでしょう。家に置きなさいってことじゃないですか？」

「それは、まあ、確かにそうかもしれないけど——」

このままでは、居候が確定してしまいそうだった。慌てて割って入る。

「あの、よく知りもしない人間を、その、いきなり家に置くっていうのも——」

自らを怪しんでみせるこの状況が、何だかもうよくわからない。

「大丈夫。アラン会長のお墨付きだから」

晴子さんと小夜さんの声がきれいに被り、二人は目を合わせたあとになぜか大笑いしている。

「まあ、とりあえず、晴子さんの家に泊まらせてもらったらどう？　こんなことを言っちゃ失礼だけど、多分、今の家よりは居心地がいいんじゃないかな」

小夜さんに痛いところを突かれて、唇を噛んだ。

「ちょっと小夜さん、何もそんな言い方——」

「いえ、いいんです。その通り、です」

そうだ。気後れして再び忘れかけていたけれど、私は居場所を選んでいられるような立場じゃない。もう、公園で寝泊まりするのは、嫌だった。

「ご迷惑をおかけしますが、よろしく、お願いします」

小さな声で告げると、晴子さんが複雑な顔をした。やっぱり迷惑なんだろうと思う。それでも、頭を下げるしかないのだ。

「良かった！　これで話は決まりね」

小夜さんが、からっと明るい声で宣言する。

こうして私は、職なし、家なしのホームレスから、職ありの居候へと身分が変わったのだった。縁をつないでくれた猫まんまには、一生、頭があがらないかもしれない。

# 2. 朝採れ野菜のサラダ

都心部で、畑を住宅地の合間にぽつんと見つけることはあった。しかし、ここまで本格的な田園風景が広がっているのを見るのは、東京では初めてだ。

吉祥寺のハレのヒ食堂から、晴子さんの運転する白い軽トラに揺られること四十分。私は、八王子の大きな街道沿いに広がる田畑に圧倒されていた。

「私の故郷。この辺りで生まれ育ったの。東京とは思えないでしょう」

漆黒の髪をなびかせ、腕組みをして立つ晴子さんは、とってもハンサムな女性だった。でも、目線の先にはのどかな風景が広がるばかり。おまけに今、彼女が寄りかかっているのは、泥のついた白い軽トラだ。それが妙に似合ってしまうから美人というのはすごいと思う。さしずめ、若者に対する農業のイメージ向上ポスターというところだろうか。私が同じポーズをしたら、お腹《なか》の調子を崩した農家の嫁みたいになってしまうだろう。

「いいところですね」

「ありがとう」

こうして微笑《ほほえ》んではくれるけれど、晴子さんは多分、戸惑っているに違いない。こんなちんちくりんと、突然一緒に暮らすことになってしまったなんて。

そこまで考えて、はたと思い当たった。

「あの、この辺りで育ったっていうことは、私が居候させてもらうのって、もしかしてご実家ですか？」

晴子さんだけじゃなく、ご両親とかご兄弟とか、みなさんの暮らす家に、私みたいなものが突然、お邪魔することになるのだろうか。

無理だ。絶対に無理だ。お風呂に入るのも、トイレに入るのもタイミングに気を遣うし、突然家族の誰かと二人きりになったら、何を話せばいいのかわからなくてパニックになり、沈黙を回避するためだけにおかしな発言をして怪訝《けげん》な顔をされるに決まっている。

だいたい、ここまで来る車中でだって、晴子さんとの二人きりの生活を想像して、何を話せばいいんだろう、話すことがなくなったらどうすればいいんだろう、どうやって気まずい沈黙を乗り切ればいいんだろうなどと手の平に汗を掻《か》いていたのだ。結果的に、その間、車中は沈黙に包まれてしまい、そのことに気がついた私は、何度かパニックを超えた先へと飛びそうになった。

「――さん。深幸さん」

「は、はい！」声が、裏がえった。

「大丈夫？　さっきから何だか具合が悪そうだけど。もしかして車に酔っちゃった？」

「あ、いえ。全然大丈夫です」

「そう？　だったらいいけど。今の質問だけど、住むのは実家じゃないから安心して。さすがに三十を過ぎて実家に舞い戻るのも面倒でね。実家から車で十五分くらいのところにある、親戚の家を借りてるんだ」

「そうですか――」舞い戻るっていうことは、一度、実家を出てどこか別の場所で暮らしていたんだろうか。もしかして離婚した、とか？

「ここからすぐだから。そろそろ行こうか」

無言で差し出されたのは、今さっき自販機で晴子さんが買っていた、よく冷えたペットボトルのお茶だった。

どうして急に田んぼの前なんかに軽トラを止めたのか、あまり深くは考えなかったけれど、もしかして私の車酔いを心配してくれていたんだろうか。

「ありがとうございます」

気がついてお礼を言った時には、晴子さんはもう運転席に乗り込むところだった。慌てて助手席のドアを開けて車内へと戻る。

「うち、よく言えば古民家だけど、実際はただのボロ屋だから覚悟しておいて」

「いえ、あの、屋根があるところで眠れるだけで全然、嬉《うれ》しいです」

言ってしまってから、反応に困るような発言をしたと唇を噛《か》む。そっと晴子さんの横顔を盗み見ると、案の定、複雑な顔をしていた。

きっとすぐに、追い出されることになるんだろうな。

就職先でも、バイト先でもそうだった。晴子さんの家にだって、そう長いことはいられないに決まってる。私はみんなのお荷物だから――。

「とにかく、家に着いたらお風呂に入るといいよ。今時、ガス風呂釜だけどね」

「はい――」

お湯の感触を思い出すと、その瞬間だけ、少し緊張がほぐれた。

私、お風呂に入れるんだ。

車窓の外の緑を眺めながら、有り難さに胸が熱くなる。

お給料は日給で三千円。その代わり、三食付き。お店は休みがないけれど、土日は休んでいいと、運転をしながら晴子さんがつづけた。

「ぜんぜん大した額を払えなくて申し訳ないんだけど、それでもいいかな」

いいも悪いもなかった。むしろ良すぎるくらいだ。私なんかが、そんなにいただいていいのか、激しく不安になる。

「ありがとうございます。あと私、お休みなんていらないです」

少しでも、役に立たなくちゃ。立てたら、だけど。

一瞬、こちらを見た晴子さんは、何か言いたげだったけれど、黙って頷《うなず》いた。

到着した家は、とてつもなく大きかった。軽く二百坪以上はありそうな、田舎スケールの一軒家だ。屋根は赤い瓦葺《かわらぶ》きで、壁は塗り替えたばかりなのか真っ白だった。元は農家だったといい、母屋の他に大きな屋根付きのスペースがあり、そこには農作業用と思われる器具が並んでいた。

大きな引き戸の玄関を開けてもらい、晴子さんのあとにつづいて入ると、広い土間があった。真正面は階段だ。

出してもらったスリッパに履き替え、板敷きの廊下へと上がる。向かって左手には門から見えていた庭がガラス戸を通して見晴らせるようになっており、ガラス戸の反対側は、障子戸がつづいていた。

向かって右手は部屋になっているらしく、木壁をくりぬくように、ドアが一つあった。その奥は廊下で、お風呂場や裏口につづいているという。

「まずはこっちに来てもらっていい？」

天井の高い廊下を、晴子さんが左手に折れる。空気は、ひんやりとしていて少し肌寒いくらいだった。空間全体にラベンダーらしきアロマオイルの香りが漂っている。泊まっていたネットカフェで、タバコの匂い消しに流れていた香りと少し似ていた。

廊下をまっすぐに進んで、真ん中ほどで晴子さんが立ち止まった。長い腕が庭に面したガラス戸を開け放つと、風が流れ込んでくる。つづいて、障子戸が開かれた。

「ここが居間。春でもこの家はまだ少し寒いから炬燵《こたつ》を出してるの。慣れないかもしれないけど使って」

そこは立派な和室で、次の間へとつづく襖《ふすま》の上の欄間には、見事なアヤメの花が彫られている。

「広い、ですね」

ワンルームなら軽く四部屋くらい収まってしまいそうだ。

「今まで一人で住んでいたから、ほとんど無駄にしてたんだけどね」

晴子さんが苦笑する。

「じゃ、次はとりあえず、深幸さんの部屋に案内するから」

今来た廊下を引き返し、階段を上りはじめた長い脚を追う。もしかして、生まれた星が違うんじゃないかと疑うくらい、膝下の長さに顕著な差があった。

「突然だったから全然手入れとかができてないんだけど。昔から私を含めて親戚の子たちが泊まるときに使っていた部屋で、簡単なベッドもあるの。見晴らしはとてもいいよ」

「すみません、あの、いきなり押しかけるみたいになって」

さっきから言わなくちゃと思っていたことを、ようやく口に出す。

「ううん、こちらこそ、行き届かないだろうけどごめんなさい」

二階へと上がりきり、左右につづく廊下を右手に折れた。一番奥まで進んだ突き当たりの戸を開けると、小さな洋室だった。

――か、かわいい。

屋根裏というほど狭くはないけれど、左側に向かって天井に勾配があり、右端にベッドが置かれている。あとは民芸調の和箪笥《わだんす》が一つと、その上に置き時計が一つあるきりのシンプルな部屋だった。

部屋の突き当たりに、大きな窓があった。晴子さんが歩み寄って生成りのカーテンを開けると、日の光が直《じか》に入って一気に視界が明るくなる。

窓からは緑の山々と田園風景が広がっていて、とても東京都内とは思えなかった。

「どう? こんなところでいいかな?」

「あの、はい。もう、なんて言っていいのか――」

自然と頭が下がる。

「そんな、顔を上げて。今日は、色々とあったから疲れたでしょう。お風呂に入ってゆっくり休んで」

晴子さんは礼儀上そう言ってくれたんだろうけれど、私はなかなか顔を上げられなかった。

それから、お風呂を沸かしてもらい、お湯に浸かった。思う存分、これでもかというくらい浸かった。お湯は柔らかで、疲れた心と体を包み込むようだった。

お風呂は懐かしいタイル張りで、床に簀《す》の子《こ》が敷いてある。窓からは乳白色の日差しが入り込み、湯煙を浮かび上がらせている。ときどき、鶏のコッコと鳴く声が聞こえてきた。少し痒《かゆ》かった頭にも丁寧にシャンプーをした。ぺっとりと萎《しお》れていた髪が、再び弾力を取り戻していくのがわかる。お風呂上がり、髪を乾かして着替えると、まるで生まれ変わったような気分になった。幸せなはずなのに、もうこの幸せを失うのが怖くて、泣けてくる。

晴子さんに一声掛けようと思ったけれど、姿が見当たらなかった。とりあえず部屋に上がり、きちんと体に合わせてたわむベッドに腰掛ける。

ケータイを開くと、ちょうど母親からメールが入っていた。

「最近、どうしてる？　変わりないの？　会社は順調？」

親は、何も知らない。知らせるつもりもない。それ見たことか、という顔をされたくないから。

「順調だよ。仕事もうまく行ってる」

短い、愛想のない返事を送信したあとは、急に瞼《まぶた》が重くなってきた。

あとはもう溶けるようにしてベッドに同化し、意識がきれいになくなってしまった。

目が覚めると、窓の外はすっかり暗くなっていた。歯を食いしばって寝ていたのか、微《かす》かにこめかみが痛い。

いったい、今は何時なのだろう。起き上がって電気をつけ、和箪笥の上の置き時計を見た。針は七時半を指している。

軽く髪を手櫛《てぐし》で整え、部屋を出た。手前の廊下は暗いけれど、階下の明かりに照らされて向こう側はほのかに明るい。

階段を降りると、居間の障子戸からは、明かりといっしょに人の気配も漏れていた。くぐもった話し声が聞こえてくる。懸念がにじみ出ている声音だった。

「だって、そんな若い子がホームレスなんて、かえって怖いじゃないの。ねえ、お父さん」

「そうだぞ。今日知り合ったばかりの人間を家に寝泊まりさせるなんて、いくら相手が女性でもあんまり不用心だ。犬や猫でもあるまいし、捨ててきなさい」

「お父さん、日本語がおかしい」

これは、晴子さんの声だ。あとの二人は、近所に住むというご両親に違いない。

「第一、何か犯罪に手を染めた子だったり、借金取りに追われてたりしたらどうするの」

話題は、私に関することだと直感した。すぐに追い出されると覚悟はしていたけれど、思ったよりもずっと早そうだ。とりあえずこんなタイミングで居間に入っていけるわけもなく、踵《きびす》を返そうとしたときだった。

玄関ががらがらと開き、長靴で土間までずかずかと入り込んできた男性がいた。かなり大きい。がたいも良く、無精ひげの生えた浅黒い顔はどこか恐ろしげだった。驚いたまま動けずにいると、ぴったりと視線がかち合ってしまった。

「誰だ、あんた」

低く、いぶかしむような声で話し掛けられ、言葉がもつれる。

「えっと、あの――」

男性は長靴を脱ぐと廊下へ上がり、ずんずんとこちらに向かってきた。無意識にあとずさる。

「おい、晴子！　いるのか？」

男が大きな声で呼びかけながら、太い腕を伸ばし、障子を開ける。

炬燵に入っていた晴子さん、そして晴子さんのご両親が、一斉にこちらを見た。

「こら、雅志《まさし》。深幸さんが怯《おび》えてるでしょうが」

晴子さんが眉間に皺《しわ》を寄せる。しかめっ面なのに、とても美しい。私をぽかんと見つめるご両親も、さすが整った顔立ちをしていた。

「なんか、この人が廊下にいたんだけど」

雅志と呼ばれた男性の言葉に、場の空気が一気に張り詰めた。こちらに向けられた母親の視線が、しんと冷たいものに変わる。用心深く視線を外さないまま、母親が告げた。

「とにかく、入ってもらったらどうかしら。雅志君も、どうぞ」

「いや、その前に、お父さんとお母さんは帰ったら？　もう暗いし、そろそろ夕飯の時間だし」

晴子さんの声も冷ややかだ。

「ちょっと晴子」

「――いいから！」

両親を無理矢理に炬燵から立ち上がらせると、晴子さんは雅志さんというらしい男性に声をかけた。

「ごめん、二人を送ってくるから、深幸さんと待っててくれる？」

「おう、いいけどおまえ――」

しかし晴子さんはもう、こちらに背を向け、渋るご両親を玄関のほうへと誘導している。

再び雅志さんと目が合った。鋭い一重が怖い。

「とりあえず、炬燵にでも入るか」

迫力のある低音に、赤べこのように何度も頷いた。玄関のほうから、まだ大きな声が聞こえてくる。

「通帳なんかはちゃんと隠しておきなさいよ」「枕元に包丁も忘れるな」「得体が知れないんだからね。悪い人間って、見た目は無害なものなのよ」

やっぱり、すべて、私のことだ。いたたまれなくなって俯《うつむ》く。頰の辺りに、雅志さんのドリルみたいな視線を感じながら、炬燵の上をじっと見つめつづける。

「あんた、晴子の友達じゃないのか？」

急いで首を左右に振った。晴子さんと友達なんてとんでもなかった。むしろ、さっき晴子さんの父親が言っていたように、拾われた犬猫に近い存在だ。

「じゃあ、何なんだ？」

「えっと、あの、い――」

犬猫のくだりだけ取り出しても、一切伝わらないに違いない。かといって、最初から全部を説明しきれる自信がない。

「い？」雅志さんは私の次の言葉を待っている。がっちりとしたあごに生えた無精ひげが、剣山のように鋭く見えた。

何も言えないまま固まっていると、ようやく晴子さんが戻ってきてくれた。

「彼女は深幸さん。小夜さんの代わりに来てくれる人。深幸さん、これは雅志。私の小学校の同級生で近所に住んでる人」

「なんか距離あるよなあ、その紹介」

雅志さんが眉をひそめてみせたあと、こちらを見た。

「あんた、ハレのヒ食堂のバイトさんだったんだな。よろしく。俺は近所で有機農業をやってるんだ。たまに食堂にも野菜を届けてる。大抵はこいつが勝手に採っていくけど」

雅志さんが、晴子さんを見て苦笑した。

「あ、ええと――こちらこそ、よろしくお願いします」

慌てて頭を下げる。一人暮らしの女性の家にこんなにカジュアルに上がり込んで、ご両親も驚きもしなかったってことは、彼は晴子さんの親公認の彼氏なのだろうか。

「にしても、おばさん達は一体、何をあんなに騒いでたんだ?」

尋ねる雅志さんを無視して、晴子さんが畳の上に正座し、こちらに向かって丁寧に頭を下げた。

「深幸さん、うちの両親が本当に申し訳ない。恥ずかしいところを見せてしまって」

「いえ、そんなやめてください。あの、私が言うのもおかしいですけど、ご両親が心配されるのは当たり前というか、もっともです」

言葉が尻つぼみになっていく。我ながら、自分の身が情けなかった。

晴子さんがようやく顔を上げてくれたけれど、目は伏せられたままだ。

「いや、深幸さんはアラン会長が見込んだ人なんだから、私はなんの心配もしてないよ。本当にごめんなさい」

「――そうか。深幸さん、もうアラン会長にも会ったのか」

雅志さんの声には驚きが込められていた。

「よくあの気むずかしい爺《じい》さんがオッケーを出したなあ」

私の面倒を見るよう、メモ書き一つで話を通してしまった。彼の言うことならと、晴子さんは、正体のわからない私なんかの身を引き受けてくれている。そして今、強面《こわもて》の雅志さんまで、すんなりと私の存在を納得してしまったようだ。

「あの、アラン会長って、いったい何者なんですか？」

私の声に、二人が顔を見合わせた。晴子さんが、真面目な顔で告げる。

「話すと長くなるから、夕食を食べながらにしない？」

恥ずかしすぎるタイミングで、お腹の虫が鳴いた。

炬燵の上では、丼から湯気が上がっている。中身は餡《あん》かけうどんだ。卵とネギの入った飴色《あめいろ》の餡がとろとろと白いうどんの上にかかって輝いている。その上には、白髪ネギが盛りつけてあり、散らしてある胡麻《ごま》がいい具合に香りを放っていた。お腹が鳴らないように押さえつけるだけで必死だ。

「今日一日は胃に負担のかからないもののほうがいいと思って。明日からはちゃんとするから」

「いえ、そんな。すっごく美味《おい》しそうです」

「あご出汁《だし》か？」

一人、大盛りのうどんを目の前に、雅志さんがほくほくとした口調で言った。

「うん。食堂でもあご出汁のお味噌汁《みそしる》を出したんだけど、アラン会長には不評だったみたい」

「あの人はグルメだからなあ。とにかく、いただきますっと」

雅志さんが、お箸を持って餡ごとうどんを口の中へと豪快に吸い込んだ。

「うまい！　さっぱりしてていい味だねえ」

「深幸さんも食べてみて」

「あ、はい。いただきます」

ここへ向かう途中に晴子さんから聞いたのだけれど、あご出汁というのは、トビウオで取った出汁のことだという。出汁の中では比較的高級で、今朝、アラン会長がダメ出しをしたのは、改心の出来といっていいお味噌汁だったらしい。厨房《ちゅうぼう》の中で、姿勢良く、生真面目に鍋を見つめていた晴子さんの姿が思い浮かぶ。

きっと、このうどんも、あんな風にきちんと向き合ってつくってくれたんだ。

私も、ちゃんと食べなくちゃという気持ちにさせられる。

レンゲを手に取り、まずはとろんとした餡をいただく。口の中にそっと含むと、雅志さんの言う通り、さっぱりとした上品な味が、ふわりと広がった。淡いようでいてしっかりと残る旨味《うまみ》があり、卵やネギの風味を優しく包み込んでいる。次はうどんと一緒に口に入れてみた。

あ、このうどん、新鮮だ――。

うどんに対してそんなことを思ったのは初めてだった。しこしことした歯ごたえで、程よくもっちりとしており、餡と合わせてどんどん口に運びたくなる。特別に取り寄せたものなのだろうか、形の一定していない手打ち風のものだった。

「どう？」晴子さんが、なぜか自信なげに尋ねてきた。

「すっごく美味しいです。あの、このおうどんって手打ちなんですか？」

「うん。私が打った」

「晴子さんが⁉」

「相変わらず凝り性だなあ」

呆《あき》れたように雅志さんがため息をつく。彼の丼の中には、もうほとんど何も残っていない。晴子さんがお代わりを尋ねると、家で食べるからいいと断った。どうやらこのうどんは、雅志さんにとっては夕食前の間食らしい。

「それで、アラン会長が何者かってことだったよな」

雅志さんが、グラスの水を飲んだあと、お腹をさすりながら言った。

「あ、はい」

慌てて頷く。正直、餡かけうどんのあまりの美味しさにアラン会長のことなんてすっかり忘れかけていたけれど――。

「実は、俺も晴子も、よくは知らないんだ。ただ、あの人がすごい野菜をつくるってことと、尋常じゃなく優れた舌を持ってるってことくらいしか」

もともとは、雅志さんが知り合ったのだという。

数年前、父親が倒れたのをきっかけに、会社を辞めて実家の農家を継いだまでは良かったけれど、その後、すぐに行き詰まった。政府からの援助が手厚いなんて、経営の数字を見たらとても信じられるものではない。かといって、これ以上、栽培上で低コストを目指しても限界がある。

「すぐに、よそと同じものをつくってちゃだめだと気がついた。かといって、コストを下げておかしなもんをつくるのも嫌だったんだよ。そんな時、奇妙なホームレスの話を農協の集まりで耳にしたんだ」

吉祥寺の公園に、農薬も化学肥料も使わない自然農法で、めちゃくちゃ美味《うま》い野菜をつくっている伝説のホームレスがいる。なぜか公園の管理人も彼には意見できず、時々、名の知れた料理人も彼に意見を求めにやってくるほどの舌の持ち主だという。

「正直、眉唾もんだと思ったけどさ。安い野菜より、いい野菜をつくるほうが結果的に生き残れるって直感したんだ。だから、休みの日を利用して探し歩いた。そしたら、いたんだよ。今とおんなじ場所に、アラン会長が」

今朝訪れたばかりの、あの奇妙な住まいが思い浮かんだ。

「それから、アラン会長は俺の畑の師匠になってくれて。そのあと——まあ、食堂を開くことになった晴子にも色々と協力してくれたんだよな」

晴子さんが無言で頷く。

「あの食堂の場所も、アラン会長が昔の知り合いのツテで手配してくれたの。駅からは遠いけど公園に面した気持ちのいい場所だし、飲食店を開く人には人気の物件だったらしいんだけど、アラン会長の口ききであっさりと決まってね」

彼には恩があるし、口は悪いけれど、人を見る目はいいのも知っている。だから、彼の信じた人なら問題なく信じられる。そう晴子さんは一息に告げた。

そこまで聞いても、まだどこか引っかかった。いくらアラン会長がＯＫを出したからって、そんなに簡単に私を信用していいんですか？

声にならない疑問を汲《く》み取ったように、晴子さんがつづける。

「会長ね、朝ごはんの出来で、私の気分まで言い当てるの。それにどうやら子供の頃から大勢の人間と接するような環境にいたらしくて、観察眼が磨かれたって自慢してた。自分でぽろっと漏らしたくせに、詳しく聞こうとするとはぐらかすんだけどね」

なるほど、とにかく感覚の鋭い人らしい。

ようやく納得すると、晴子さんが微笑んだ。

「とりあえず、明日からよろしくね。少し朝早くて申し訳ないんだけど」

「こちらこそ、よろしくお願いします。それで、何時くらいにここを出ますか？」

「ええと、五時には出るつもり。私は野菜を収穫してから行くから、ここで支度して待ってくれる？」

「なんだ、せっかくだから、畑も一緒に手伝ってもらえばいいじゃん」

「だって、それだと四時起きになっちゃうし――」

「おじさんとおばさんもさ、そういうことも手伝うって言ったほうが、安心してくれるんじゃないのか？　晴子が働きすぎるっていつも心配してるだろう」

「それは――そうだけれど」

雅志さんが、もの言いたげにこちらを見てくる。おそらく、私のほうから「手伝います」と告げることを期待しているんだろう。でも、私なんかが畑に入って、大丈夫なんだろうか。まだ摘んではいけないトマトを摘み取ったり、踏んではいけない場所を踏んだり、撒《ま》いてはいけない農薬を撒いて野菜を全滅させたりしないだろうか。

逡巡《しゅんじゅん》している間に、晴子さんが首を振ってしまった。

「なるべく、自分一人でやりたいのよ。わかってるでしょ？」

「そうだけどさ――」

雅志さんの言葉を遮るように、晴子さんが立ち上がった。お盆に、三つの丼を手早く載せて運ぼうとしている。慌てて手伝おうとすると制されてしまった。

「いいのいいの。深幸さんは疲れてるんだから、今日は休んでて。ね？」

廊下とは反対側の襖の向こうが台所になっているらしい。晴子さんはすたすたと歩くと、そちらへ消えてしまった。

「一事が万事なんだよ。あいつ、人に任せられない病気なんだ」

雅志さんが、心配の滲《にじ》む口調で言う。

「すごく、しっかりしてるんですね」

「本当にしっかりしてたら、人に任せるべきところの判断がもっとつくだろう。深幸さんさ、あいつのこと、無理しすぎないように見ててやってくれよ。変に思い詰めたような顔とかしてたら、すぐに俺に連絡をくれないか」

「思い詰めた顔って――」

今、私に話している雅志さんのほうが余程それらしい顔をしているけれど、とても軽口を切り返せる雰囲気ではなかった。おずおずと頷くと、携帯電話の番号を書いた紙を渡された。今日は、何かとメモ書きを渡される日らしい。

くれぐれも晴子をよろしく、と念を押したあとで、雅志さんは帰っていった。

台所からは、まだ、かちゃかちゃと洗い物の音がしている。せめて炬燵の上を濡《ぬ》れ布巾で拭かせてもらっていると、晴子さんが台所から戻ってきた。

「私は寝るけど、深幸さんは自由にしてて。お互い、生活ペースは気を遣わないようにしよう。それとこれ、急に来てもらうことになっちゃったし、準備金ってことで渡しておくから」

晴子さんが、封筒を手渡してきた。お金だ。ついでに涎《よだれ》も溢《あふ》れてくる。条件反射で手を伸ばしかけて、慌てて引っ込めた。

「そんな、まだ何もしていないのに受け取れません」

「いいの、いいの。ほんとに」

そのまま、強引に封筒を押しつけてこようとする。しばらく押し問答したけれど、とうとう、受け取ってしまった。本当は、喉から手が出るほど欲しいものだった。ただの薄っぺらい紙に翻弄される自分が情けない。

「あと、一つだけお願いがあるんだけど」

「なんですか？」

晴子さんからの初めてのお願いに、少しだけほっとした。私でも、この人のためにできることが何かあるんだろうか。

息を潜めて言葉を待っていると、晴子さんが言いにくそうに口を開いた。

「階段の左脇にある部屋、私の寝室なんだけど、絶対に入らないでほしいんだ。ほら、プライバシーっていうの？」

──なんだ、そんなことか。

でも、わざわざ言われなくても、多分入らなかった。やっぱり信用されていないのだという当たり前の事実が、思ったよりも鋭く突き刺さってくる。

でも私は、実際、知らないおじさんの鞄《かばん》から名刺入れを盗んでしまったこともあるのだ。もしかして、盗人《ぬすっと》の匂いみたいなものが、自分から出ているのかもしれない。

「わかりました。入りません」

晴子さんがホッとした表情を見せた。それから、電気やガスの元栓など、細々とした箇所の注意だけすると、居間から出ていこうとする。

「じゃあ、お休みなさい。明日からよろしくね」

「こちらこそ、よろしくお願いします」

ちらりと晴子さんの手元に目が行った。これから寝るというのに、なぜか、うどんが大盛りになった丼をお盆に載せているのだ。私の視線に気がつくと、晴子さんは少し気まずそうに早口で告げた。

「あの、ちょっと小腹が空《す》いちゃって。いつも寝る前に食べちゃうの」

「──そう、なんですか」

晴子さんは、何度も頷くと、そそくさと寝室へ去っていってしまった。

小腹が空くといっても、今さっき三人でうどんを食べたばかりだ。しかもけっこう食べ応えのあるやつを。晴子さんの体は見事にスレンダーで、そんなに食べる人にも見えない。

もしかして、あれかな。熱烈なアイドルファンは、そのアイドルの分までごはんをつくってテーブルに出すと聞いたことがある。晴子さんもそういう趣味が——？ それとも、この家に、私の知らない誰かがもう一人住んでる、とか？

絶対に寝室には入るな、と念を押してきた晴子さんの真剣な顔が思い浮かぶ。

何にしても、あの狼狽《うろた》えた様子からして、寝る前に食べるなんて明らかに嘘《うそ》だ。

色々と気になったけれど、ようやく一人になって、これ以上考えても仕方がないという気分になった。

しばらく、炬燵に入ってテレビを観《み》てみる。屋根のある場所でお腹を満たしていることの幸せと、明日からはじまるバイトへの不安が、交互に押し寄せてきた。

そのうち、あんなにぐっすりと寝たのに、再び眠気が襲ってくる。

言われた通りすべての電気を消し、寝支度を整えて二階へと上がる途中、階段脇の扉に視線をやった。晴子さんはもう眠ってしまったのか、人のいる気配さえしない。うどんを啜《すす》る音も、もちろんしない。

足音を立てないように、つま先立ちで階段をのぼった。部屋まで戻ってベッドに倒れ込むと、再び猛スピードで眠りに落ちた。

遠くから、目覚ましの音が迫ってきて、はっと目が覚めた。慌ててスマホのアラーム機能を切る。全身に嫌な汗を掻いていた。

夢の中で吉祥寺の街を必死に逃げていたことを思い出す。でも、今の私は、確かに柔らかい枕に頬を埋《うず》めていて、ほうっと肩から力が抜けた。

まだ、窓の外は白々明けで、空には星明かりがうっすらと残っていた。肌寒い空気の中で着替えを済ませ、階下へと降りる。ちょうど、晴子さんが首にタオルを巻いて出てきたところだった。どうしてそのスタイルで格好良く見えるのか、本当に不思議だ。

「おはようございます」

声を掛けると、驚いたような顔をされた。

「どうしたの、まだ出発まで一時間もあるよ」

「いえ、あの――私もやっぱり、畑に連れていってください。邪魔だったら、見てるだけでもいいので」

「それは構わないけど――」

晴子さんが口ごもる。やっぱり余計な申し出だっただろうか。心配していると、晴子さんはぎこちなく頷いてくれた。

「じゃあ、手伝ってもらおうかな。いっしょに来て」

畑は、家のすぐ裏にあった。軍手を手渡され、畝の前に連れていかれる。さっきよりさらに明るさを増してきた空の下には、見事に実ったレタスやほうれん草が発光するように浮かび上がって見えた。隣には、支柱にそって蔓《つる》を伸ばした空豆や、エンドウが生《な》っている。それに色白の肌を半分見せているのはタマネギだろうか。

すぐそばから鶏の声が聞こえた。見回すと、畑の脇に鶏《とり》小屋がある。壁の代わりに目の細かいネットで周囲を覆ってあり、中では鶏たちが落ち着かなげに動き回っていた。コッコッコという声に、虫の合唱や、蛙《かえる》の鳴き声がアクセントを添えている。みんな、朝が来るのを喜んでいるみたいだ。

彼らには、今日を生きる不安なんてないんだろう。明日のことなんて、考えなくていいんだろう。無邪気に朝を迎えられる生物たちが無性にうらやましい。

刻一刻と、空がさらに白んでいく。星の光を打ち消す、太陽が昇ってくるのだ。朝が来ることを素直に喜べなくなって、もう随分と経《た》つ気がする。

晴子さんがレタスの前に、包丁を持って立った。刃の部分が、かなり太くて四角い。

「収穫包丁っていうの。これで、レタスの株元《かぶもと》を切っていくんだ。私が野菜を収穫するから、深幸さんはかごに入れてくれないかな」

「わかりました」

晴子さんは、大きく深呼吸をするとレタスの前にしゃがみ込んで、株元に包丁を入れた。サクサクと小気味いい音をたててレタスが地面から離れる。

大きくて、立派なレタスだった。葉がぴんぴんと元気で、少ししんなりとしているスーパーのレタスとは別の野菜みたいだ。

晴子さんは、レタスを二株だけ収穫すると、隣の畝に移動した。タマネギは、青ネギのような葉が倒れ、土から色白の球がはみ出している。

「これ、別に病気になったわけじゃなくて、葉が倒れたら収穫時のサインなの」

言いながら葉を起こして手で持ち、抜いていく。

「良かったら、やってみる?」

「いいんですか?」

「これだったら引き抜くだけだから、怪我《けが》する心配もないし」

「それじゃあ、やってみます」

晴子さんを真似《まね》て深呼吸した。しゃがみ込んで倒れた葉を持ち、気合いを入れて一気に、力一杯引き抜く。しかし、拍子抜けするほど手応えが軽くて、気がつくと後ろに尻餅をついていた。お尻の下に、何か嫌な感触がする。慌てて立ち上がると、きれいに盛り上がっていた畝が、窪《くぼ》んでしまっていた。

「す、すみません!」

「大丈夫⁉」

晴子さんが慌てて助け起こしてくれた。

「それより、畑が――」

「ああ、いいのいいの。お尻、痛くなかった？」

「私は大丈夫です。あの、かえってご迷惑をかけちゃってほんとに――すみません」

声がだんだん小さくなる。いつもそうだ。自分から何かをやろうとすると、こんな風にダメになってしまう。晴子さんの役に立ちたかったのに、案の定、足を引っ張っただけだ。

「大げさだよ。さ、あと二つくらい、タマネギを採ってもらってもいいかな」

少し驚いて、晴子さんを見上げた。こんな失敗をしたのに、もう一度任せてくれるというのだろうか。

急いで頷くと、今度は力加減を調整して、うまく引き抜いた。土の付いた色白のタマネギは、つやつやと輝くようで、洗ってそのまま食べても美味しそうだ。

「よし。ほとんど今日の分は収穫できたね」

すぐ脇で呟《つぶや》いた晴子さんを見ると、意外なほど柔らかな表情をしていた。厨房に立っている時の張り詰めた様子とは少し違っていて、なんというか空と大地の間で解き放たれている感じだ。

「野菜って、可愛《かわい》いんだよね。美味しくなあれって呟きながら育てると、何だかいい野菜に育つ気がして、そうしてるんだ」

晴子さんが、野菜に話しかけている姿を想像すると、可愛らしくて心が和んだ。

「じゃ、あとは卵を取るだけだね。ちょっと行ってくるから」

「あ、はい」

しかし、晴子さんの顔は、今度は心なしかこわばっていた。つま先は、確かに鶏小屋に向けられているのに、長い脚をなかなか動かそうとしない。

「うん、大丈夫。今日こそは、うまくできると思うんだ」

ぶつぶつと言いながらも、やはり、晴子さんは立ち尽くしたままだった。鈍い私でもさすがに察せられる。

「あの、もしかして、嫌なんですか？」

そっと尋ねてみる。

「ううん、全然。鶏ってほら、可愛いし。今は自分たち用だけど、卵もいずれはお店に出したいし」

「嫌、なんですよね」

何だかおかしくなってもう一度尋ねると、晴子さんが大きくため息をついた。

「嫌です。すっごく嫌。恐いの。卵を盗まれるってわかった時のあの子たちの凶暴さったら」

「手伝います。多分、二人でやったほうが上手に取れると思います」

空に向かって叫びたい気分だった。ようやく、自分にも役に立てそうな機会が巡ってきたのだ。なぜ私なんかが、こんなに自信満々に思えるかというと、鶏の卵を毎朝取ってくるのは、私の実家での仕事だったからだ。

――深幸は、卵を取ってくるのが上手だなあ。

婆《ばあ》ちゃんに褒めてもらえるのが嬉しかった。褒めてもらえることなんてそれくらいだったから、毎朝、気合いを入れて取っていた。そして、私の卵取り技術は、どんどん高度化していったのだ。

これは、挽回《ばんかい》のチャンスだ。ありがとう、婆ちゃん。婆ちゃんに助けられるのは、これで二回目だね。

「晴子さん、あの、この木の枝を穴から差し込んで適当に揺らしていてください。鶏たち、そっちに気を取られると思うので、その間に、私が卵を集めます」

その辺に転がっていた木の枝を、晴子さんに手渡す。

「いいけど、大丈夫なの？　あの子たち、ほんとに凶暴だよ」

「はい。その――任せてください」

少し口ごもったのは、若干、故郷の鶏と東京の鶏で、反応に差があったらどうしようと心配になったからだ。都会の鶏のほうが性格的にすれていたら、木の枝なんかには食いつかないかもしれない。

おそるおそる、二人で小屋に近づいた。どうやら鶏は、小屋の隅に卵を産んでいるようだ。晴子さんには、卵のあるほうとは反対の方向から、枝を差し込んでもらった。鶏たちが、コッコッと鳴きながら、そちらへと集まっていく。

良かった。都会の鶏たちも、案外、単純だった。

私はさっと、小屋の中へと侵入した。手には、卵を入れる竹かごを持っている。

ころんと丸い卵が、場違いなオブジェみたいに転がっていた。三つほどの温かなそれをさっとカゴに取った途端に、「危ない！」と声が飛んでくる。

振り向くと、盗人に気がついた親鳥が羽を広げてこちらに襲いかかってくるところだった。反射的に片手を目一杯広げ、片脚を大きく曲げて上げる。鶏が、何事かと怯《ひる》んだ一瞬の隙を見て、再び小屋の外へと駆け出た。

実家以外の鶏にも威嚇のポーズが通じて、ほっと胸をなで下ろす。

「――深幸さん、すごい」

木の枝を持ったまま、晴子さんが潤んだ目でこちらを見ていた。美人にそんな顔をされると、女の私でもドキドキしてしまう。

「こんなことで良かったらいつでもやります」

どうやら私なんかでも、晴子さんの役に立つことがあるらしい。初めて、晴子さんに力強く頷くことができた。

そのあと、野菜を一杯に入れたかごを、玄関前の軽トラに積み込み、一度、家の中へと入った。晴子さんにつづいてシャワーで軽く汗を流して身繕いすると、すでに小腹が空いていて、ぐうぐうと不満気に鳴っている。

しかし、もう出かける時間のようだ。スマホとお財布だけを持って、再び外へと出た。夜の気配はすっかり消え去っている。色の薄い月だけが、こちらを見下ろしていた。

途中、牧場と畑に立ち寄った。牧場はながさわ自然牧場といい、そこでお店に出す用の卵と、ハムの塊、それに挽肉《ひきにく》を分けてもらった。

牧場の旦那さんが、垂れ目をさらに下げて言った。

「とうとうお手伝いしてくれる人が見つかったの？　そりゃそうだよねえ。一人じゃ大変だもの」

晴子さんはやはり複雑な顔で頷く。

「うん、まあね」

ちょっとぐらい卵が取れるからって、こんな役立たず、やっぱり迷惑ですよね。

当たり前だと思いながらも、心の中で少しがっかりした。

その後で立ち寄った場所は、雅志さんの所有する畑だった。

「トマトとか、蕪《かぶ》とか、うちの畑にないものをいつもお裾分けしてもらってるんだ。悔しいけど、まだ、雅志のほうが野菜をつくるのは上手だし。彼の野菜づくりの師匠はアラン会長で、私の師匠は雅志ってわけ」

向こうは専門職だし、仕方がないんじゃないだろうか。でも多分、晴子さんみたいな完璧主義の女性は、そういう考えはしないのかもしれない。

「いつか、野菜もハムも卵も、全部自分でつくりたいの。なかなか手が回らないんだけどね」

口元を引き結ぶ晴子さんは、良くいえば凜々《りり》しいけれど、雅志さんの心配する、思い詰めたような表情をしているようにも見えた。

これで、材料はすべて揃《そろ》ったらしい。あとは軽トラに乗って、吉祥寺へと向かうだけだ。

車中、晴子さんがおにぎりを取り出して食べさせてくれた。どうやら早起きして私の分まで握ってくれたようだ。塩の強めに効いたおにぎりは、コの字型に海苔《のり》が巻いてあり、中にはおかかがたっぷりと入っていた。ごはんも炊き加減と握り具合がいいのか、ほどよく嚙み応えがある。ごはんの甘みと塩気、そしておかかのコクが口の中で溶け合うと、魂が抜け出してしまうのではないかと思うほど幸せだった。

「すっごく美味しいです」

「よかった。もう一つは鮭《さけ》ハラスだから」

感動で、もう頷くことしかできない。米粒が喉につっかえそうになって、慌ててお茶で流した。

窓から軽く肘を出し、手の平でかったるそうにハンドルを切る晴子さんは、格好だけ見るとおっさんみたいなのに、妙に素敵に見えてずるい。

「そういえば、アラン会長って、どうしてアランっていうんですか？　会長の顔、ちょっと濃いし、もしかしてハーフとかなんですか？」

「ああ、それね。アラン・ドロンって知ってる？　フランスの俳優さん」

「はい、名前だけは。映画は観たことないですけど、すごく有名な人ですよね」

「そう。そのアラン・ドロンに若い頃はそっくりで、昔からアランって呼ばれてたらしいよ。まあ、会長が自分で言ってるだけなんだけど」

晴子さんが苦笑する。早朝の道は空いていて、田園風景の中に段々家が増えていき、いくつかの街を通り過ぎてやがて吉祥寺に着いた。

いよいよ、私の食堂バイト生活がはじまるのだった。

「お店がはじまるのは七時だから、それまでは、公園の野良猫に餌を出してもらうのと、あとはアラン会長に朝ごはんを運んでもらうのが仕事。それが終わったら軽くテーブルを拭いてもらって、開店したら注文を取って配膳したり、お会計したり――」

小夜さんが、大きなお腹をさすりながら言った。今日一日は引き継ぎで来てくれることになっていたのだ。

そんなに色々、私にこなせるのだろうか。不安気な顔をしていたのか、小夜さんが慰め顔でそっと囁《ささや》いた。

「大丈夫、この店、けっこう空いてるから」

「ちょっと小夜さん、聞こえてるんだけど」

今朝も白猫の置物を磨き込んでいる晴子さんから、いじけた声が飛んでくる。この二人のツーカーぶりがまた、プレッシャーに拍車をかけた。

私なんかとじゃ、到底そんな風に、呼吸が合わない気がする。

そろそろ六時だ。ナァナァと声がして、公園側に開いた窓を見ると、まるで集会のように猫たちがどこからともなく集まってきていた。

ちょうど、晴子さんから声がかかる。

「さ、できた。これ、猫たちにあげてもらえる？」

お盆に載せられた猫まんまは、今日も抜群に美味しそうだった。さっきから晴子さんが土鍋で煮ていた白米が、とろとろにとろけ、そこへカツブシや、鮭のほぐし身が混ぜ合わせられていく。やがて、旨味たっぷりの香りが立ち上ってきた。さっきおにぎりを食べていなければ、性懲りもなく顔を突っ込んでしまったかもしれない。

少し冷ましてあるため、猫たちが舌を火傷《やけど》する心配もないのだそうだ。

「そういえば、昨日やられた傷、もう大丈夫なの？」

「はい。もう痛みは全然——ありがとうございました」

「お礼なんて。でも、今日もまだブンタが怒ってるかもしれないから、気をつけて餌をあげてね。っていっても所詮猫だし、二、三日連続であげればすぐ懐くと思うけど」

言いながら小夜さんが、公園側の階段へと通じるガラス戸を開けてくれた。一斉に、猫たちが大きな鳴き声を上げる。駆けてきて、足元に体をすり寄せてくる子も何匹かいた。

目尻を下げていると、一際鋭い鳴き声をあげる猫がいた。不敵な目付きでこちらを睨《にら》んでいる、あいつが声の主だ。ブンタ。昨日、私と餌を争ったボス猫だった。

「昨日は、すみませんでした」

小さな声で謝ってみたけれど、彼の目付きはかなり凶暴だ。改めて見てみると、お世辞にも美しいとは言えない顔つきで、勝手に親近感が湧いてしまう。歴戦の勲章なのか、よく見るとブンタの顔には無数の傷跡が刻まれていた。

取りあえず、皿を数カ所にばらして置くと、猫たちが一斉にそれぞれの皿に駆け寄っていった。大抵、数匹が頭を寄せ合ってむしゃぶりついているのに、彼だけは一皿を独り占めにしている。どうやら他の猫たちからも恐れられているらしい。

私、昨日はすごいところに顔を突っ込んじゃったんだ。

ブンタと食べ物を奪いあったのが、つい昨日のことだというのが未《いま》だに信じられなかった。そのブンタはこちらを一睨みすると、きれいに空になったお皿を背に、悠々と立ち去っていった。

店の掃除をしたあと、小夜さんから細々と引き継ぎを受けた。レジ台が使えるか心配だったけれど、小さな店だし、レジではなくアナログでお会計を処理しているらしい。それはそれで、お金を間違えないか不安だ。

晴子さんはその間も、一人でくるくると立ち働いていた。一方、私と小夜さんは、すべての準備が終わってしまい、テーブル席に座ってお茶を啜っている。

「あ、あのう。何か手伝わなくていいんでしょうか」

「いいのいいの。どうせ邪魔にされるだけなんだから」

――そうだった。私なんかが役に立つはずがなかった。

軽く俯くと、小夜さんが腕に手を添える。

「違う違う、変な意味じゃないの。見て。あれだと思うのよね、この店が美味しいのに今いち流行《はや》らない理由って」

「あれ、ですか？」

小夜さんの視線の先には、晴子さんがいる。表情はやはり張り詰めたようで、見ていると何だかこちらも肩に力が入ってしまう。

「ね。何から何まで自分で背負っちゃおうとするの。なんかこう、料理中っていうよりは、服役中って感じじゃない？　朝から辛気くさいったら。だから、いつまで経っても近所の常連さんしかこないの」

「——はあ」

「だ、か、ら。全部聞こえてるんだけど、小夜さん」

少しだけ傷ついたような声で、晴子さんが抗議する。もちろん、その間も手を休めることはない。

「まあ、仕方がないとも思うんだけどねえ。まだそんなに時間も経ってないし」

独り言のように呟いた言葉が気になって小夜さんを見つめると、慌てた様子でごほんと咳《せき》をした。かと思えば、唐突に、テーブルの掃除をはじめている。

そこ、さっきも拭いたとこですよね。

軽く突っ込める性格だったら、私の人生ももっと、お日様の匂いがしていたんだろうか。

きっと、何かあったんだ。

晴子さんは知り合ってまもない私が見ても、修行僧のように自分を厳しく律する生活をしていて、周りにいる人たちは、そんな晴子さんを心配そうに見守っている。

確かに晴子さんには、常にどこか薄い影のようなものがつきまとっていた。こんなに美しい人が、悲しみのない人生を送れないことが、何だかどうしようもなく切ない。彼女には、おとぎ話みたいな、幸せな人生を送っていてほしかった。そのほうが、この世界に希望を持てるような気がするから。

結局、何一つ役に立つこともないまま、アラン会長のもとへと朝ごはんを運んで行った。

今日は、ヨシさんではなく、見知らぬホームレスの男性が側《そば》に控えている。

見るからに美味しそうな朝ごはんだったのに、褒められたのは、やっぱりサラダだけだ。

「食えるのは生野菜だけだな。まったく、あいつはいつになったらまともな飯がつくれるんだ？」

苦りきった顔のアラン会長に、さすがに抗議したくなる。

「あの、今日のは瀬戸内海であがった旬の鰆《さわら》の西京漬けに、朝採ったばかりの蕪をつかった挽肉餡かけです。ごはんは、少し水に浸《つ》ける時間を調整した棚田の誉れで、今までにないくらいふっくら炊きあがったって晴子さんが――」

どれも素材的に出来うる限り最高のものを扱っていると聞いた。それに、さっき少しだけ味見させてもらった時は、気合いのこもった丁寧な味が、一口ごとに伝わってきた。朝から居ずまいが正されるような、ぴんと背筋が伸びるような味だった。

それなのに全否定なんて、好みの問題かアラン会長の舌が少しおかしいとしか思えない。

もちろん、そこまで口にする勇気はないけれど。

アラン会長が、こちらをじっと見つめた。相変わらず猛禽類《もうきんるい》みたいな顔つきで、段々、言ってはいけないことを口にしてしまったんじゃないかと恐ろしくなる。

「このままじゃ、いつまで経っても店の客は増えねえぞって伝えとけ。ダン、これはおまえとヨシにやるよ。持って帰れ」

会長は、ほとんど口をつけられていない定食を、お盆ごとダンさんに渡した。

そうか、この人は、ヨシさんといっしょに、猫まんまを狙っていた人だ――。

ダンさんは、嬉しそうにお盆を受け取って去っていった。

食堂へと戻って会長の言葉を伝えると、晴子さんはむっとしたように睫毛《まつげ》を伏せた。まるで自分の責任みたいな気がして、私も少し俯いたのだった。


七時になり、とうとう、食堂が営業をはじめた。店の外に出て、入り口の札を「支度中」から「やってます」に裏返す。これくらいなら、私にもできそうだ。ただし、あとの仕事はまったく自信がない。

水を出す。注文を取る。できた定食を正しい席に運ぶ。帰るお客様のお会計をする。一体、これらの接客作業には、どれくらいの罠《わな》がしかけてあるんだろう。私は、どれくらいの失敗をやらかすんだろう。

せめてメニューが一種類だったら私も気が楽なのに、よりによって二種類用意してある。一つは目玉焼き定食で、メニュー通りの目玉焼きにながさわ自然牧場の特製ハムもついてくる。コースターほどの大きさがある分厚いハムで、ほとんどステーキと呼びたい贅沢《ぜいたく》さだ。卵も牧場から仕入れたもので、ぷりっと半熟に輝く目玉焼きは、フォークでつつくと、とろとろの黄身がゆっくりとハムの上に流れでていくのだった。

焼き魚定食は、もう少しあっさりしているのかと思いきや、いつも脂の乗った旬の魚を晴子さんが選《え》りすぐって干物にするから、あっさりどころか食べ応えたっぷりだ。一口食べると焼き魚なのに身が溶けるよう。必ずついている小鉢も旬の野菜を煮る、蒸す、和《あ》えるで、これも私が毎朝通うお客様だったら、楽しみにしてしまうような気の利いたものだ。

今日のは例の蕪の挽肉餡かけだった。アラン会長には、不評だったけれど――。

どぎまぎしてお盆の端を握りしめていると、ついに一人目のお客がやってきてしまった。

意外なことに、女子高生だ。

「あ、茜ちゃん。おはよう」

小夜さんは知り合いなのか、こなれた挨拶をした。

「い、いらっしゃいませ」

あとにつづいてぎこちない挨拶をすると、茜ちゃんと呼ばれた少女は、にこりともしないまま挨拶を返してきた。

「おはよう。ふわあ、ねむ」

瞼が半分閉じていても愛くるしい顔立ちで、見るからに男子たちから人気がありそうだ。

しかし、制服のミニスカートを翻してカウンター席に腰掛けた彼女は、容姿とは裏腹に、何だかやさぐれた雰囲気だった。

「小夜さん、まだお店に出てたんだ」

「そう、今日で産休に入るんだけど。あ、こちら深幸さん。私の後に働いてくれる人。よろしくね。深幸さん、こちら、茜ちゃん。近所の優秀な高校に通う女子高生」

「よろしく」

茜ちゃんは、気のない挨拶をすると、カウンターに肘をついて公園の大池をぼんやりと見つめはじめた。

小夜さんに肘をつかれて、慌てて水差しからコップに水を注《つ》ぎ、茜ちゃんへと差し出す。

「あの、どちらになさいますか、目玉焼き定食と焼き魚定食」

よし、ここまでは順調だ。

「私、目玉焼き定食って決まってるから。朝から魚なんて食べられないし」

「か、かしこまりました」

すげない返事にすごすごと帰ってくる。席は、一番から七番まで番号が振ってあり、茜ちゃんの座った席は、カウンターの公園に一番近い席、五番だった。

「晴子さん、目玉焼き定食一つです」

「はい」

晴子さんが、返事とともにぴんと張り詰めた表情をした。無言の気合いのあと、いつものように忙しく動き出す。茜ちゃんは、相変わらず外を見たままで、私と小夜さんは定食が出来上がるまで特にすることもなく、お店に立ち尽くすこととなった。

――あれ、もしかして、けっこう暇？　ドキドキしなくても、こんがらかるほど混み合ったりしないのかな。

十分ほどして、目玉焼き定食が出来上がった。お皿の上には、少し焦げ目のついたハムにぷるんと揺れる目玉焼きが載っていて、見ているだけで幸せな気分になってくる。朝採れたばかりのレタスやトマトには、晴子さんがさっきお手製で作っていたフレンチドレッシングがかかっていた。お味噌汁は焼き魚定食と共通で、ネギと豆腐。上品なあご出汁で、そこらへんの定食屋さんとはひと味もふた味も違うと、私の舌には感じられた。

「お願いします」

「はい！」

カウンターに出された定食のお盆を慎重に持って、五番の席まで運ぶ。その距離、約二メートル。その間に、躓《つまず》かないように、汁物をこぼさないように、ゆっくりと、ゆっくりと、あともう少し。無事に茜ちゃんの前に、置けた！　私の脳内にだけ、レベルアップのファンファーレが流れる。

「お待たせしました」

この一連の動作だけで、何だか背中が軽く汗ばんでしまった。

ふと、小夜さんと目が合う。

「なるほどね。晴子さんと、よく似てるわけだ」

一瞬、何を言われたのかわからなくて混乱した。似ては、ないですよね？

「そう？　似てないよ。私、こういうタイプって嫌い」

茜ちゃんからも合いの手が入る。一瞬、納得しかけて内容の辛辣《しんらつ》さに気がつき、驚いて振り向いた。でも、本人はつやつやのストレートヘアがかかる背中を見せたまま、黙々と定食を食べている。その背中はまっすぐに伸び、拒絶感に溢れていた。

嫌いって、言われたんだよね。初対面の会って間もない子にまで。

相手にイラっとされたり、嫌われた経験は数え切れないけれど、一向に慣れることはできないのだった。

小夜さんが、茜ちゃんに気づかれないように、「ごめんね」と無言で両手を合わせた。

茜ちゃんがゆっくりと朝ごはんを食べている間、ようやく二人目のお客がドアをくぐった。スーツ姿の若いサラリーマン男性だ。テレビでよく見かけるタレントに似ていて、切れ長の目に鼻筋の通った、すごく整った顔立ちをしている。

「いらっしゃいませ」

声を掛けたけれど、男性は挨拶も返さずに、黙ってカウンターの最も入り口に近い席に腰掛けた。水を差し出すと、こちらも見ずにオーダーしてくる。

「焼き魚定食ね」

「かしこまりました。晴子さん、焼き魚定食を一つお願いします」

「はい」

晴子さんは晴子さんで、お客様を見ようともせずに、再びてきぱきと料理をはじめた。

男性は、分厚い単行本をカウンターに広げて外界を一切シャットアウトするかのように、一心不乱に読みはじめている。

次のお客もむっつりと押し黙った職人風のおじさんで、同じく焼き魚定食をオーダーするとテーブル席に腰掛けた。おじさんは、私のほうに物問いたげな視線をよこしたけれど、そのまま黙って新聞に目を通し、あとは一言も発しなかった。

ときどき、小夜さんと女子高校生がぽつぽつと会話を交わすくらいで、食堂内は静けさに満ちている。おじさんが新聞を置いた。手持ち無沙汰になったようで、窓の外に広がる大池の水面《みなも》や厨房のガス台の辺りをつまらなそうに交互に眺めていた。

ここまで来ると、さすがに違和感を感じるようになった。

揃いも揃って無口、無愛想で、決してハレのヒ食堂という響きとマッチしないお客たちばかりだ。あまりにも殺伐としている。店主の晴子さんからして、料理をするというよりは、まるで殺陣《たて》でも演じているような気合いの入り方だから仕方がないのかもしれないけれど。

そのあと、閉店間際の十一時まで、お客さんは一人もやって来なかった。合計、たったの三人。正直、経営が成り立つのかと素人の私でも心配になる数字だ。

まあ、お客様が少ないから、私もなんとか給仕をこなせたんだけど――。

はじまる前は不安だったけれど、これならなんとかやっていけそうだ。そこそこ役にも立てたんじゃないだろうか――卵も、取れるし。

「そんなに緊張しなくても平気そうでしょう？　明日からよろしくお願いね」

小夜さんは、こっそりと耳打ちをして、十一時になると帰っていった。

ごはんを、ハムと卵とレタスでチャーハンにしたまかないを食べたあとは、後片付けの時間だった。晴子さんは厨房で食器洗いをし、私はお店の木の床にモップをかけている。

しんと静まりかえった店内の沈黙が苦痛になって、何か話したほうがいいのだろうかと必死に話題を探した。

完全に、意識がモップを握る手先から離れていたその瞬間だった。ガツン、と大きな音がして、モップの先が雑誌を入れた棚にぶつかった。棚上に置いてあった白猫の置物が、ぐらぐらと揺れているのが目に入る。

まずい！　駆け寄った瞬間にはもう遅かった。

陶器の砕ける派手な音が店の中に響き渡る。

「す、すみません！」

頭の中が真っ白になった。小さな悲鳴とともに、晴子さんが飛び出してくる。白猫の置物は、顔を斜めに横断するように亀裂が入っていた。他にもいくつか欠片《かけら》が転がっている。

晴子さんは床にしゃがみ込むと、急いでそれらを拾い出した。はっと我に返って隣にしゃがみこむ。

「すみません、ほんとにすみません。私、拾いますから」

「大丈夫。深幸さんこそ危ないから少しそっちに避けてて」

「でも――」

「ほんと、大丈夫だから！」

強い口調だった。はっと顔を上げると、晴子さんのほうが何故《なぜ》か傷ついた表情を浮かべて、「ごめんなさい」と小さな声で謝った。欠片を拾う手もとが震えている。

ああ、やってしまったと思った。

開店前に、あんなに丁寧に磨き込んでいたんだもの。多分、この猫の置物は、晴子さんにとって、すごく、すごく大事なものだったのだ。

晴子さんはそれでも決して私を責めようとせず、すべての掃除を終えて店を出るまで、もう二度と私の失敗には触れなかった。

軽トラに乗って帰らないかと誘われたけれど、晴子さんと二人きりで帰るのがいたたまれなくて、吉祥寺で買い物をしてから帰るからと断った。別れる時の晴子さんの背中は、やっぱり少し元気がなかったと思う。

どうして私はこうなんだろう。いつも間が悪いんだろう。吉祥寺の繁華街を歩きながら、ぼんやりと考える。

最初の仕事は事務職で、上司の不倫を偶然目撃してしまったのが退職のきっかけになった。小さなミスをじわじわと責められるようになり、職場にいづらくなったのだ。二番目の職場も同じ事務職だったけれど、ミスを犯すのが恐くなっていた私は、逆にどんどんミスを犯してしまい、誰からも口をきいてもらえなくなって辞めた。次は派遣で働いたけれど、同僚のバッグを盗んだ罪をなすりつけられて、クビになった。私は誰が犯人かを偶然に目撃してしまった。でも彼女が盗みを働くなんて誰も思わないような、きれいで仕事のできる正社員の女性だった。彼女が、私が盗んだと声を上げて、みんなが信じた。私だって一瞬、自分がやったんじゃないかと信じそうになったくらいだ。派遣ネットワークは横のつながりがあるらしく、以降、どんな派遣会社に登録しても仕事が来なくなった。そして流れ着いたコンビニバイトでは、レジ打ちでパニックになり、あり得ない長蛇の列をつくった揚げ句クビに――。

いい加減、自分が嫌になりながら歩いていると、ドシンと誰かの肩にぶつかった。ちっと舌打ちをして、若者が通り過ぎていく。

「すみません」一瞬顔を上げて小さな声で謝った。

今日帰ったら、出ていってくれと言われるかもしれない。そう思うと、お金を使う気分にもなれない。

気がつくと、ホームレスになった夜にカップ麺を啜ったコンビニの前だった。あの時は、コーヒーを飲むお金もなかったんだよね――。

ふらふらと中へと入り、ドリップのコーヒーを注文する。今なら、百五十円くらいの贅沢は許されるだろう。

併設されたテーブル席に腰掛け、あの夜と同じように窓の外を眺めた。午後の街を行く主婦や学生たち、仕事途中のサラリーマンやOL。やはり、自分とは関係のない、きらきらとした人たちだ。

それでも、コーヒーのアロマを胸一杯に吸い込むと、少しは心が癒やされた。ほんの一瞬でも憂さはきれいに晴れ、私も、この世界の一員として受け入れられたような気分になれる。

――ハレのヒ食堂でも、コーヒーを出せばいいのに。

ふと、そんな考えが頭をよぎった。そうすれば、あのお店に座って押し黙っている人たちの気持ちも、少しほぐれるんじゃないだろうか。コーヒーが苦手なら、ハーブティでも紅茶でもいい。あの、背筋が伸びるような朝ごはんのあとに、ほんの少しだけ、気持ちを緩めてもらうのだ。私が言うのも何だけれど、今日の三人のお客たちは、必ずしもきらきら世界の住人とは言えない雰囲気を漂わせていた――。

まあでも、どうせ追い出されるんだし、私がこんなことを提案するなんて、パラレルワールドにでも行かない限り、あり得ないだろうけれど。

ゆっくりと大切にコーヒーを啜り、ふうと息を吐き出した時だった。

通りの向こうに、気になる何かが視界をよぎった。人だ。誰かが、こちらを見ている。穴が空くほど、じっと。

脳裏に、一枚の名刺が思い浮かんで来た。

前島テクノサービス　営業課長　前川尚人。

嘘、あの人、前川さんだ。

全身に粟《あわ》が立つ。ゆっくりと席を立って、うつむき加減のまま店を出た。前川さんも、私に並行するように、後をついてくる。間違いない、私に気がついている。息をすっと吸うと、ダッと駆け出した。駅に向かって、脇目も振らずに。前川さんも、ジェットエンジンが付いているみたいに後を追ってくるのが目の端に見える。

「おい、待て。待ってくれ！」

待つわけがない。あの日みたいに、走って、走って、赤に変わりそうな信号を突っ切る。振り返ると、前川さんは赤信号に足止めされ、こちらを悔しそうに見つめた。

すみません！　私にワリキリは無理でした！

心の中だけで謝って再び駆け出すと、中央線快速に乗り込むまで、ほとんど立ち止まらなかった。

電車に揺られながら、正直、このままどこかへ姿を晦《くら》ましたほうがいいんじゃないかと思った。だって、私が帰っても、やっぱり晴子さんは嬉しくないと思う。

それでも、ほかに帰るところなんてない。ホームレスに戻る勇気も、実家に戻ってそらみたことかと笑われる覚悟もなくて、八王子の駅からバスに乗り、晴子さんの家へすごすごと戻った。もうすぐ五時になろうとしていた。

「それじゃあ、まだいるの？　あの人」

「うん、いるよ」

廊下へ上がると、居間のほうから咎《とが》めるような声がした。どうやら、再び晴子さんのお母さんが来ているらしい。挨拶をしなくてはと思ったけれど、反射的に再び玄関を出た。そのまま母屋を回り込んで畑のそばの鶏小屋の前に立つ。

鶏たちは、小屋の中でうずくまり、じっとしていた。今朝、私に襲いかかってきた子も、ちらりとこちらを見ただけで、あとは興味を失ってしまったみたいだ。

小屋の前で鶏たちの一羽になったようにうずくまると、心が安らいだ。人よりも鶏との距離感に癒やしを覚えるなんて、私は人に向いてないいんじゃないだろうか。二十七年も人間をつづけてきたのに、人としての芽が出ないなんて、やっぱりちょっとまずいレベルだと思う。

と、鶏小屋の隅に、卵が一つ残っているのが見えた。今朝取った場所とは反対の隅だったから見逃してしまったのかもしれない。

腕が鈍ってた——。軽く落ち込んで卵を取りに入る。鶏たちは眠いのか今朝ほど攻撃的な様子は見せなかった。それでも襲ってくるやつはいたけれど、例のポーズで威嚇して、無事に卵を奪取して出てきた。

空が夕闇に染まろうとしている。カラスたちが巣へ帰るのか、夜のカーテンを引くみたいに、桃色の空を横切って行った。どこかの畑から、野焼きの煙がたなびいてくる。手の平には卵があって、大きくヒビが入っている。相変わらず、東京とは思えない鄙《ひな》びた光景だ。

——いや、ちょっと待って？

もう一度、手の平の卵を見てみる。裏をのぞき込むとそちらはさらにヒビ割れていて、よく見ると小さな嘴《くちばし》が殻を割って飛び出していた。卵は、孵化《ふか》しかけていたのだ。

少し目立たない場所にあったから、おっかなびっくり卵を取っていた晴子さんもずっと見逃していたのかもしれない。親鳥もずっと抱いて温めていただろうし――。

この感じだと、早ければあと小一時間で出てきそうだった。

そっと卵を草の上に置いて、辛抱強く見守った。嘴が殻をつつき、休み、つつき、また休み、それでも確実に卵を割ってついに顔が出て、片足が出て、とうとう両足で草の上に立った。

ぴいぴいと頼りない声で鳴くそのひよこは、先に出た頭だけがふわふわと乾き、あとはべっとりと濡れている。鳥目のはずなのに、ひよこは私を親だと勘違いしたのか、ぴいぴいと鳴いてそばから離れようとしない。幼い頃に接して以来、見たことのなかったひよこは、可愛くて、可愛くて、何だか無性に涙が出てくる。

気がつくと私は、生まれたばかりのひよこに、憂き世の愚痴を聞かせていた。

何をやってもうまくいかないこと。ホームレスにまで転落してしまったこと。ワリキリのこととパスモを盗んだことは赤ちゃんに聞かせる話じゃないから割愛し、猫まんまを奪おうとしてブンタに引っかかれたところまで、うじうじとしゃべった。ひよこは、ぴいぴいと辛抱強く何度も同じ相づちを打って聞いてくれている。

「あんたも、猫にはくれぐれも気をつけないとダメだよ」

呟いてふわふわの頭をつんと撫《な》でると、後ろからぶほっと吹き出す声がした。

驚いて振り返る。

「俺、ひよこに愚痴る女って初めて見たわ」

薄暗がりの中に立っていたのは、雅志さんだった。

まさか、今の話を聞かれた⁉

のそのそと、雅志さんがそばに寄ってきてしゃがみ込んだ。強面の顔をゆるゆるに緩めて、ひよこを見下ろしている。

「おまえ、孵《かえ》っちまったのかあ」

いや、それより、今の話をどこまで聞いてらしたんですか。

質問しようとしてやめた。多分、答えを知らないほうが幸せに生きられる。

「腹が減ってさ、晴子のところで昨日みたいに間食して帰ろうと思ったら、なんかやたらとあいつが落ち込んでるからさ」

みぞおちの辺りに正拳が入ったみたいになった。きっと、白猫の置物のせいだ。

「なんでだって問い詰めたら、ようやく――」

「猫の置物ですよね」

たまらず口を挟む。大声に抗議したのか、ぴいと、ひよこが鳴いた。ふわふわの頭をそっと撫でてやる。

「いや、まあそれもそうなんだけど――。あんたがもう、帰って来てくれないんじゃないかって、それでへこんでたみたいだぞ」

「私が？　どうして――」

実際、もうこのまま行方を晦まそうかと悩んだのは確かだけれど、それによって晴子さんがへこむのはおかしい。むしろ喜ぶはずだ。しかも、どうして晴子さんは、私がもう帰ってこないかもなんて思ったんだろう。

雅志さんは、私の気持ちをテレパシーで受け取ったみたいにつづけた。

「あいつ、置物が割れたとき、かなり慌てたんだって？　たかが置物なのにあんなに大げさにしちゃって申し訳ない、こんな狭量な雇い主、見捨てられて当然だってさ」

「そんな、悪いのは私なんです。きっと大事な置物だったんですよね。それを割っちゃうなんて――あれって、想《おも》い出《で》の品とかなんですよね」

雅志さんの目が泳ぐ。

「まあ、それは本人に聞けばいいんじゃねえの？　俺、ここに呼んでくるから」

「え⁉　いや、あの、心の準備が――」

まじまじとこちらを見て、雅志さんがまた吹き出した。

「何、二人して同じようなこと言ってるんだよ」

雅志さんはそれ以上私には取り合わず、「ぴいちゃんも見せてやりたいし、連れてくる」と宣言した。

ぴいちゃんって、この子のこと、だよね？

ごつい顔の雅志さんが言うと、ちょっと可愛らしかった。思わずくすりと笑いが漏れる。

「あ、笑っただろう。今、こんな形《なり》のおっさんが、ぴいちゃんなんてって思っただろう」

「いや、別に――」

「いいんだ。俺は、可愛いふわふわの、もふもふのものが好きだ。ぬいぐるみが好きだ。正直、晴子より全然、女子力が高い」

妙な迫力で言い切ると、雅志さんは晴子さんを呼びに、母屋へと去っていってしまった。お昼、気まずい感じで別れて以来の再会に、少し緊張してしまう。

ぴいちゃんに手の平を差し出すと、よちよちと上ってきた。羽の部分もすっかり乾いて、ぴいちゃんは、ふわふわのもふもふ生物になっていた。

やがてぱたぱたという足音とともに、晴子さんがやってきた。

目の前まで来ると、ぱくぱくと口を動かしたまま、立ち尽くしている。私も、どうしていいのかわからずに、そのまま晴子さんの言葉を待った。

ぴい！　沈黙をぴいちゃんが破った。あとから追いついた雅志さんが、ぴいちゃんの様子に、ふたたびめろめろに表情を溶かしている。

「あ、あの。卵、小屋の隅にあったから、多分見逃してて。鶏もずっと抱いてたと思うし。それで孵っちゃったみたいです」

「そう、そっか。私、いつも鶏たちが怖くてすぐに出てきちゃってたから、気がつかなかったんだね」

晴子さんも、長い脚を折りたたむようにしてぴいちゃんのそばにしゃがみ込む。おそるおそる人差し指の先で頭を撫でると、ぴいちゃんが嬉しそうにぴいぴいと鳴いた。そのまま撫でながら、晴子さんが、こちらを見ずにぽつりと呟く。

「あの、お帰りなさい」

少し薄暗くなっていて、表情はわからなかった。

「——はい、ただいまです」

ぴいちゃんが、ぴいぴいと鳴く。朝から鳴いていた蛙が、夜も鳴いている。虫たちも合唱している。ただいまと口に出した瞬間、私は、ここに帰ってきたのだと知った。

晴子さんと二人で、ぴいちゃんの頭を人差し指の腹でそっと撫でる。小さな太陽みたいな、ほんわかとした熱が伝わってきた。私たちはしばらくそうして、ぴいちゃんと離れられずにいた。


その日の夜は、豚肉の生姜《しょうが》焼きとキャベツの千切りの付け合わせ、晴子さんが漬けたというぬか漬けのキュウリと人参《にんじん》、そして蕪のお味噌汁だった。生姜焼きは、しっかりと分厚い豚肉で、生姜ダレがつやつやとかかっており、食べる前から美味しいのだと分かった。

「いただきます」

雅志さんが両手を合わせて、さっそく食べはじめる。私と晴子さんも後につづいた。

負けじと豚肉を口に入れてみると、歯ごたえもっちりで、舌に程よくぴりっと来るような生姜の甘辛ダレが口いっぱいに広がる。たまらなくて白米に箸を伸ばしたのだけれど、これは明日出す予定のシルキークイーンだそうで、棚田の誉れよりも大分粘りけがあり、ふっくらもっちりしていた。このまま、自分が溶けてなくなるんじゃないかと心配になる美味しさだった。

雅志さんといっしょに一気に食べ終わると、晴子さんが今日も不安そうな顔で尋ねた。

「どうかな」

「あの、ものすごく美味しいです」

「うん、うまい！」

正直、食堂の朝ごはんより美味しいと思ったけれど、それはさすがに言えなかった。この生姜焼きは、晴子さんが急いで二十分ほどで仕上げてくれたもので、おそらく朝ごはんのほうが素材だってこだわっているし、時間もかけられているからだ。それでも、両者の間には、決定的な美味しさの壁がある気がしたのだ。

「深幸さん、どうかした？」

「あ、いえ、なんでもないです」

慌てて首を振った。晴子さんは、何か言いたげだったけれど、「そう」と呟いてそれ以上は尋ねてこなかった。

夕食をいただいた後は、初日の緊張やら失敗やらで張り詰めていた気持ちが、一気にぐにゃぐにゃになってしまい、気力では抗《あらが》えないほどの眠気が襲ってくる。

晴子さんと雅志さんに挨拶をして早々に部屋に引っ込むことにした。ただし、さすがに今日は、自分の食器は自分で下げ、洗わせてもらうことにした。

シンクで食器の洗剤をすすぎながら、ふと、奇異なものが目に入った。

これって、一人分の晩ごはんだよね？

シンク脇のスペースに、大盛りの生姜焼きが取り置きされていたのだ。白米やお味噌汁まで取ってある。

昨日のうどんといい、一体、晴子さんはなぜ、こんなことをしているんだろう。

詮索したかったけれど、プライベートを大事にしたいという晴子さんの宣言を思い出して、見なかったことにした。

それから部屋に下がってベッドに倒れ込んだのは、多分、八時くらいのことだったと思う。さすがに寝付くのが早すぎたのか、夜中に一度、目が覚めた。寝汗をたっぷり掻いていて、少し気持ちが悪い。お風呂は晴子さんの寝室とは少し離れた場所にあるから、シャワーを浴びてからもう一度寝ることにした。そろそろとつま先で階段を降り、晴子さんの寝室の脇を通り過ぎていく。そのまま、順調に通り過ぎるはずだった。しかし私は、階段を降りきったところで立ち止まってしまった。すぐそばにある部屋のドアの向こうから、すすり泣きの声が聞こえたのだ。

――晴子さん？

そっと、ドアの前に近づく。ノックをしようとして止《や》めた。ここは立ち入っちゃいけない場所だ。

そっと立ち去ろうとした時だった。ますます、泣き声が大きくなった。やはり心配になって、立ち尽くす。それから、立ち去ろうとするたびに、泣き声は大きくなったり小さくなったりを繰り返した。

どうしよう――。雅志さんに連絡しようかどうか迷う。でも、まだ真夜中だ。結局何もできずにその場に突っ立っているうちに、ようやく再びすすり泣きというところまで収まった。思わずほっとため息を漏らし、今度こそ立ち去ろうとした時だった。突然、何の予兆もなく、内側から部屋のドアが開いた。

「あ」「え？」

二人で、同時に言葉を発する。あとえ、どっちが自分の声か一瞬わからず、少し混乱して、無言になった。晴子さんも黙ったままで、二人して固まって見つめ合った。

目が真っ赤に腫れている彼女は、いつもの凛《りん》とした様子に可憐《かれん》さが加わって、見事な美しさだ。そんな場合じゃないのに、思わず見とれてしまう。

はっと我に返って、慌てて踵を返した。

「あ、あの、私、何も見てませんから！」

「え、ちょっ——待って！」

晴子さんの声に振り返る勇気はなかった。


シャワーを終えて階段の辺りに戻ってくると、今度はダッシュで上った。晴子さんの部屋はもうひっそりとして、人の気配さえ消え失《う》せたようだ。

部屋へと戻り、畑に出る四時まで、ほとんど眠れずに過ごした。ドアの奥に見えた晴子さんの部屋、その隅にあったあれは——。あの時、晴子さんの華奢《きやしや》な肩越しに見えた光景が、頭の中で何度も何度も押し寄せ、そのたびに胸の奥がきりきりと痛んだ。

☀

軽く身繕いをして、階下へと降りた。

晴子さんが、待ち構えていたみたいに、居間のほうからぱたぱたとスリッパの音をさせてやってくる。

「あの、おはよう」

「お、おはようございます」

端正な顔立ちはいつも通りだけれど、晴子さんの瞼はやや腫れ気味だった。私の視線に気がついたのか、気まずそうに目を伏せる。

「昨日は、みっともないところを見せちゃってごめんなさい」

「い、いいえ！　こちらこそ、その、すみませんでした。私、いっつもタイミングが悪くて。それで、人のこと、不快にさせちゃって――。だから、ほんとにすみません」

思い切り頭を下げる。

「え、それは私だよ。なんか、そんなつもりないのに、相手のことを怒らせせちゃったり――。昨日も、置物を割られたくらいで酷《ひど》い態度を取っちゃったし、あんな姿は見られるし。ごめんなさい」

「いや、やめてください。プライベートを大事にしたいって言われてたのに、部屋の前であんなうろちょろして、私こそすみません」

晴子さんが顔を上げて、こちらを窺《うかが》うように見た。

「――私、なんにも深幸さんに話してなかったんだけど。よかったらあとで、食堂に向かいがてら話を聞いてもらってもいい？」

黙って頷くと、晴子さんはほっとしたように表情を緩めた。

それから昨日のように野菜を収穫して、鶏たちから卵を奪った。昨日とは違って、小屋の中では、ぴいちゃんが一目散にこちらをめがけてやってきて、ぴいぴいと足元にまとわりついてくる。あまりの可愛さに小屋から出してやると、鶏たちをおびき寄せていた晴子さんも駆け寄ってきた。

「かわいい」

晴子さんが、長い脚を畳んでしゃがむと、ぴいちゃんがぐるぐると周りを回った。

「私たちのこと、親だと思ってるみたいですね」

ぴいちゃんのふわふわの黄色い羽毛を、山の端から顔を出した朝日が、ゆっくりと照らしていく。眩《まぶ》しそうに目を細めるぴいちゃんは、間違いなく朝に愛されていた。柔らかく透けるようだった嘴は、昨日よりほんの少しだけ、しっかりしているような気がする。

名残惜しかったけれど、ぴいちゃんを小屋へと戻し、家を出発した。今日もながさわ自然牧場でハムと卵を手に入れ、雅志さんのところからも野菜をもらうと、私たちは一路、食堂へと向かったのだった。

晴子さんは、「それじゃあ」という改まった感じで、ぽつぽつと話しはじめた。助手席に座っている私も、心の中では正座した。最近、こういう気持ちになることが多いなと思って考えてみたら、食堂の朝ごはんを試食させてもらう時の緊張感に似ている。

「私ね、食堂をはじめる前は、ＯＬだったの。外資系の広告代理店で、マーケティングの部署にいたんだ。忙しくて、終電で帰れたらいいほう。だから——秀一《しゅういち》君、夫にもほとんどごはんなんて用意することはなかった」

「ご結婚、されてたんですね」

昨日の夜、泣き腫らしていた晴子さんの肩越しに見えたもの。それは、お仏壇だった。小さくて、モダンなデザインだったけど、確かにお仏壇だった。その前には、白い骨壺《こつつぼ》が置かれていた。そして、例の、大盛りの生姜焼きが供えられていたのだ。

自分のバカさ加減を呪いたくなる。何がアイドルのごはんだ、もう一人暮らしている人がいるかもしれないだ。あれは、陰膳だったのだ。

「夜、見えちゃったよね。ごめんね。一人暮らしの女が、仏壇の前に骨壺を置いて、毎晩その部屋で眠ってるなんて、きっと気味が悪いだろうと思って言えなかったの。だから、絶対に入らないでなんて変な言い方しちゃって」

「いいえ、いいんです。すみません、私こそ。でも、私、全然その、気味が悪いなんて思わないです」

——ただ、胸が痛くなっただけです。

「夫とは学生時代に知り合って、そのまま結婚したの。彼は彼で大好きな車メーカーに就職して、毎日遅くまで働いてた。でも、好きなことだから全然しんどいことないって、いっつも笑っててね」

相づちを打つしかなくて、私は軽く頷いた。

「あれ、何だか痩せたなって思った時には、もう遅かった。健康診断で引っかかって、再検査して。若かったせいもあって、進行があっという間で――手術したけど、次々に転移を繰り返して、あっけなくいなくなっちゃった」

淡々とした口調で語りつづける横顔を、そっと盗み見る。不自然なくらいに、変化がなかった。

車窓の景色はどんどん流れていく。でも、旦那さんを亡くしてからの彼女の時間は、どんな風に流れていたのだろうか。そもそも、流れているんだろうか。

「食堂はね、夫と、引退したらやろうねって話してたの。夫婦の夢だった。お互い、好きなことをして楽しいけど、いつかもっとのんびり、食堂でもやって暮らしたいねって」

でも、それはいつか旅行に行きたいねっていうのと同じくらいのもので、晴子さんにとっては、さほど現実味のあるものではなかった。できたら楽しいだろうとは思っていたけれど、本当にやるかどうかだってわからなかった。

「だけど、夫にとっては違ってた。あの人ね、なんでもいいなと思ったものをスクラップする癖があって。ほしい車とか、こんな家がいいとか。その中に、食堂もあった。名前は、ハレのヒ食堂。ちょうど外観のスクラップは、今の食堂みたいな感じでね」

スクラップの脇にメモまで残してあったそうだ。

〝食堂は、朝ごはん専門店にする。みんなが笑顔になるような食堂がいい〟

「ああ、夫は本気で考えてたんだって思った。私、夫の体のことも、夢のことも、何にもわかってあげてなかったんだって。楽しい仕事だからしんどくないなんて、嘘だったんだと思う。ほんとはずっと辛《つら》かったんだと思う」

それなのに自分は、時間のある朝でさえ、ごはんをつくってあげなかった。前の日遅かったから、疲れがたまってるから、朝は食べる気がしないから。そんな言い訳ばかりで、優しい夫に甘えてばかりいた。

「お義母《かあ》さんにね、あなたが息子を殺したのよって言われたの。怒鳴るでもなく、冷静に事実を指摘する口調でね。あとから、あの時はおかしかったって謝られたけど、実際、お義母さんの言う通りだと思う。私が、彼を殺したの」

そろそろ、吉祥寺の街が近づいてきた。住宅街の窓を、街路樹を、通勤や通学で家から眠たげな顔で出てくる人々を、朝日が照らしている。晴子さんの顔にだって、朝日は当たっているはずなのに、彼女の周りは薄暗い。日の光の届かない苔《こけ》むした森の中で、一人、うずくまっているみたいだ。

「旦那さんは、その――いつ亡くなったんですか」

「もう、三年になるかな。しばらくは、何にもする気がおきなくてね。とりあえず、会社を休職したんだけど、結局そのまま辞めちゃって、一年くらいぼうっとしてたの。そしたら、ある日、小夜さんにハッパかけられちゃった」

聞くと小夜さんは、旦那さんのお兄さんのお嫁さんだそうだ。結婚を通してできたつながりだったけれど、よく気が合って、仲の良い友人のような、姉妹のような付き合いをしていたのだという。

「そんな時、何気なくスクラップブックを見返してて。このままじゃ、彼も浮かばれないって思って、食堂をはじめる決心をしたの。それから幼なじみの雅志に協力してもらって、アラン会長にもお世話になって――」

あとは、あの場所を世話してもらって、とんとんと開店する運びになった。

ここで、晴子さんは大きなため息をついた。一つに束ねられていた髪の、横の一すじが、ふわりとこぼれ落ちてくる。

「とにかく、開店したはいいけど全然ダメ。一生懸命つくればつくるほど、空回りしていく気がして。お客様は笑ってくれないし、減ることはあっても増えることなんてまずないし、最高の素材を使ってどんなに美味しいものをつくっても、アラン会長はまずいっていうし」

なんと応えていいのかわからずに、黙ったままになる。

「どうして一年には晴れの日ばっかりじゃないのに、ハレのヒ食堂なんて名前にしたんだろう。まあ、安易に私の名前からとったんだろうけど。毎日、毎日、失敗ばっかり。いっそ、アメのヒ食堂とかに名前を変えたほうがいいのかも」

しょんぼりと呟く晴子さんを何とか励ましたくて、口を挟んだ。

「おまけに、小夜さんの代わりに、全然使えないバイトが来ちゃって、しかも居候することになっちゃったし——ですよね。大事な猫の置物は割っちゃうし。そりゃ、泣きたくもなるっていうか、すみません！」

晴子さんがぱっとこちらによそ見する。ぐらんと車体ごと体が揺れた。

「晴子さん、車線！　車線！」

慌てて視線を前に戻して、晴子さんが首を振った。

「違う。それは誤解なんだって。昨日、私が泣いてたのはね、猫の置物が割れたからじゃないよ。確かにあれ、夫が気に入ってた置物だったし、大事な形見なんだけど」

やっぱり——すごく大事なものだとは思ってたけど、まさか形見だったなんて。自然と項垂《うなだ》れる。

「お願いだから、落ち込まないで最後まで聞いて。夫の形見が割れるってことはね、食堂が今のやり方じゃダメだっていう彼のメッセージに思えたの。こんなに頑張ってるのに全然ダメかってついつい情けなくなっちゃって、恥ずかしながら泣きました」

こんなに完璧な人でも、何でもできちゃう晴子さんでも、無力感に襲われることがあるのだと知って、私は驚いた。自然と、私の口からも言葉がこぼれていく。

「私も、今まで何やってもダメで、今回もダメで、とうとう置物まで割っちゃって、落ち込んで——恥ずかしながら、生まれたてのぴぃちゃんに愚痴りました」

再び車体がぐらりと揺れて、晴子さんが「ぷっ」と吹き出す。

「ひよこに愚痴ったの？　ぴぃちゃんなんて？」

「ぴぃぴぃ言ってました。何言ってたかわからないです」

晴子さんが再び肩を震わせた。泣いているんじゃなくて、笑っているのだった。

「わ、笑いすぎじゃないですか？」

「なんだろう。昨日、泣きすぎたから反動かな」

晴子さんの声は、まだ震えている。

ふっと、ある思いが浮かんできた。あの無愛想な接客、それにこの不器用な告白、私みたいな人間が相手でもぎくしゃくとしてしまうこの態度。

「あの、晴子さんって、もしかして、人付き合いが苦手ですよね？」

ぴくりと、晴子さんの華奢な肩が揺れた。やがて呻《うめ》くように呟く。

「——はい。会社でも人間関係が上手《うま》くいかなくて、よく夫に相談したり、フォローしてもらってました」

大きく頷いたあと、私も自己申告する。

「私も、人間関係とか、全然駄目です」

「それは、何となくわかってた」

そう、ですよね。ということは——。

「小夜さんがいなくなった今朝から、若干コミュ障気味の私たちだけで食堂を運営していくことになりますよね。しかもお客様だって、こう言っちゃなんですけど、あんまり人好きのする感じじゃないというか、物静かな人たちばかりだし」

「もしかして深幸さん、ますます、人が笑顔になる食堂から遠ざかるって言ってる？」

無言で頷いてみせると、晴子さんが途方にくれたように眉尻を下げた。

「味で勝負って思ってたけど、もうこれ以上、どうしていいかわからないよ」

確かに、晴子さんは、頑張りすぎなほど頑張っている。でも、一つだけ、残念なところがあった。

「まだ、やってないことがありますよ」

少なくとも、私が食堂に来てから、一度も見たことのないシーンがある。私だって、ちゃんとやっていないから、もちろん晴子さんを責めることはできないのだけれど。

「何？」

晴子さんが、おそるおそるといった声で尋ねた。

「コミュニケーションですよ。小夜さんが茜ちゃんとやってたような、お客様とのこなれた会話。我々が、最も苦手とするやつです。あと、チラシを作って呼び込みをするとか」

私は、現実の人間が、ガーンという表情をする場面に初めて遭遇した。ハンドルを握る晴子さんの手が細かく震えているのは、多分、振動のせいじゃない。

「でも私たち、その、二人とも人と話すのが苦手なのよね。それなのに、こなれた会話なんて。私、料理をつくるので精一杯だし」

「でも――、でもマイナスかけるマイナスは、プラスです」

その時、なぜそんな言葉を発することができたのか、全くわからない。私自身の意思が語った言葉なのかどうかも判然としない。でも確かにそれは私の声で、さっきおにぎりを食べた胃袋の辺りから発せられた気がした。

「そう、なのかな」

晴子さんが前を見たまま呟く。

「ダメな人同士だから、できることもあるかもしれない、のかな」

「そうですよ、そう思わなくちゃ、やっていられないですよ」

それは、かなり気弱で自棄《やけ》気味な、はじまりの宣言だった。

コミュ障二人のハレのヒ食堂改革が、こうして今、幕を開けた。

# 3.

# 魚は、炭火焼きで。

空気がぬるい。食堂の外には、いつポッリと来てもおかしくない曇天が広がっている。店内では、私と晴子さんが、追い詰められた小動物みたいな表情でビクビクとお客様を待っているのだった。

来てほしい、でも来てほしくない。

静まりかえった店内に立っていると、晴子さんの心の声が聞こえてくるような気がした。何しろ今日はこれから、コミュニケーションを取らなくちゃいけないのだ。普通の食堂のおばさんや娘さんが常連さんたちと交わす、あの、いかにもさりげなくて少し気の利いたやつだ。

晴子さんの気弱な思念が、再び空気を伝わってきた。

——隊長、状況は明らかに我々に不利です。撤退に美学あり。やはり引き返しましょう。

——何を言ってるんだ。このほんの少し先に我々の目指す黄金郷があるんだ。

無言で思念を送り返す。

お客さんと軽口を交わしましょうと提案したのは私のほうだ。自信なんて微塵《みじん》もないけれど、引き下がるわけにはいかない。第一、このままでは、これからもハレのヒ食堂は辛気くさいままだ。少しでも名前負けしていない明るい雰囲気の食堂に変えて、恩返しをしたかった。

アラン会長には、さっき朝食を持って行った時に今日の試みを伝えてある。

会長は少し意外そうな顔をしたあと、へえと面白そうに口元を歪《ゆが》めた。多分、小馬鹿にされたのだと思う。そのあとの朝食は、やはりサラダ以外は酷評だった。

それでも、少しだけ幸先《さいさき》のいいことがあった。まずは朝イチのお客であるブンタに「おはようございます」と挨拶すると、猫とも思えない野太い声で、ふぎゃ、と一言返事があったのだ。猫とも会話が成立したのだ。人間とだってきっと大丈夫に決まっている。

さっき、晴子さんを元気づけるつもりでそのことを伝えたけれど、彼女の表情は曇ったままだった。

「ブンタ、なんて返事をしたんだろうね。その、ふぎゃ、の意味が知りたい」

「いや、それは、おはようとか、おっすとか、そういう感じじゃないんでしょうか」

「――だといいんだけど」

晴子さんの精神状態は、極度の緊張から完全に底辺を彷徨《さまよ》っているようだった。どうやらお客様との会話の件は、一人で頑張らなくちゃいけない可能性が高いらしい。

そこへ、いきなり強敵が現れた。茜ちゃんだった。

「い、いらっしゃいませ」

一言目から口ごもってしまった。茜ちゃんは、私の挨拶には応えず、さっと店内を見回した。小夜さんを探しているのだと察しがつく。

「あ、あの、小夜さんは今日から産休で――」

「知ってる」

察しきれて、なかった。

無愛想な返事のあと、茜ちゃんはいつものカウンター席ではなく、テーブル席へと腰かけた。突然、切羽詰まった声が店内に響き渡る。

「いらっしゃいませ！」

晴子さん、タイミングがちょっとおかしいです。

茜ちゃんは、流石《さすが》に少し驚いたような顔で晴子さんに視線を向けると、「どうも」と頭を下げた。水を注《つ》いだグラスを差し出して、「目玉焼き定食を一つ」と厨房《ちゅうぼう》に声をかける。

「い、いつもいつも、ありがとうございます！」

晴子さん、今度は勢いが強すぎです。

茜ちゃんは居心地が悪そうにもぞもぞとお尻を動かしていたけれど、やがて、窓の外に広がる公園の大池を眺めはじめた。今日の大池は、どんよりとした空を映し出していて、お世辞にも気持ちがいいとは言えない。ぐるりを取り囲む草たちも、憂鬱そうに生ぬるい風に揺れていた。

それでも、じゅうっという勢いのいい音とともに、こだわりハムの香りが広がりだすと、ぎこちなかった店内のリズムが、少しだけ整ってきた。お肉が焼けるのを待つ時間は、いつだって人をうきうきさせる。茜ちゃんの口元がかすかに緩んだのを私は見逃さなかった。勇気を振り絞って、もう一度話しかける。

「今日はお天気があまり良くないけど、学校に行くまで持つといいですね」

途端に、緩んでいた茜ちゃんの口元が、あっけなく引き締まった。

「別に。雨、好きだし」

「あ、ああ、それじゃ降るといいですね、雨。ざあざあに」

じゅううっと、晴子さんがハムをひっくり返す音が聞こえた。それともこれは、目玉焼きのフライパンに水を差した音だろうか。

「あのさ、私、あなたみたいなタイプ、嫌いって言ったよね。なのにどうして話しかけてくるわけ」

幸せをそそる香りと音を打ち消すように、残酷な声がはっきりと耳の奥に突き刺さってきた。正直もう心が砕けてしまいそうだったけれど、辛うじて返事をする。

「どうしてって、それは、お客様とコミュニケーションをとりたくて。ここをもっと明る——」

「いらない。この店にそういうの、求めてないし」

「――ですよね」

最初から上手《うま》くいくとも思っていなかったけれど、まさかここまできっぱりと拒絶されるとは思っていなかった。

「雨、降りそうですね！　定食、できましたよ！」

晴子さん、今度はタイミング悪いです。

ほとんど泣きそうになりながら、カウンターに差し出された目玉焼き定食を、茜ちゃんのもとへと運んだ。

「あの、食材の説明だけでもさせてください。今日のお味噌汁《みそしる》の具材は近所の牧場で仕入れた鶏肉《とりにく》をお団子にしたもの、同じく牧場で仕入れた旨味《うまみ》ハムのステーキにぷりぷりの目玉焼きを載せたもの、付け合わせは揚げ豆腐とほうれん草のおひたしです」

鶏団子は軟骨を少し残してある歯ごたえまで美味《おい》しい一品で、生姜《しょうが》と鶏、葱《ねぎ》の風味がお団子の中に仲良くぎゅっと閉じ込められている。さっき味見をさせてもらった時、箸が止まらなくなりそうだった。

「サラダの野菜も、朝、二人で畑から採ったものばかりです。完全無農薬の自然農法でつくってます。しゃきしゃきして美味しいですよ」

晴子さんが、今度はいいタイミングで口添えしてくれた。茜ちゃんは口元をへの字にしたまま黙っていたけれど、それでも微《かす》かに頷《うなず》くと箸を手に取った。

ほっと肩の力が抜けるのと同時に、同じく常連の読書リーマンが店の扉をくぐった。彼の名前を知らないから、便宜上、あだ名をつけてみたのだ。

「いらっしゃいませ」

読書リーマンは軽く頭を下げると、カウンター席に腰掛けた。素早くお水を注いで差し出す。

「どちらの定食になさいますか」

「魚」

最小限の返事にやはり挫《くじ》けそうになりながら、晴子さんにオーダーを入れた。

「いらっしゃいませ！」

晴子さんから再びおかしなタイミングで挨拶が飛んできたけれど、読書リーマンの表情はぴくりとも動かない。それでも、私は話す。そこに、お客様がいるのだから。

「いつも、焼き魚定食ですね」

こちらを目の端で見て、読書リーマンが頷いた。やはり今日も本を一冊開いている。

「ええ」

「──あの、いつも何の本を読んでいらっしゃるんですか？」

読書リーマンが、今度はくっきりと迷惑そうな表情を浮かべた。かなり怯《ひる》んだけれど、これくらいは想定内だ。

「バフェットですけど」

パンの一種だろうか——いや、多分違う。困っていると、まさかの晴子さんが助け船を出してくれた。

「金融関係のお仕事をなさっているんですか？」

どうやら、晴子さんにはバフェットが何のことだかわかったらしい。読書リーマンは、今度はなぜか言い訳をするように答えた。

「ええ。外資系の投資会社に。でも、いつもはもっと、普通の小説なんですが」

微かに、彼の頬が上気していく。

この反応には、さすがの私も気がつかざるを得なかった。

そうか、きっと彼は、晴子さんのことを——。思わずにんまりとしてしまう。もっと彼の様子を観察していたかったけれど、つづいて、これまた常連の作業着のおじさんが新聞を片手に現れた。いつものテーブル席に茜ちゃんが腰掛けているのを見ると、仕方がなさそうに、もう一つのテーブル席についている。

「いらっしゃいませ」

「焼き魚定食ひとつ」

おじさんの表情は、昨日の顔をコピペしたみたいに不機嫌そうだった。水を差し出しておずおずと話しかけてみる。

「毎朝、ありがとうございます」

「おう――あんた、新しい人か。昨日までいたあの人はどうしたんだ？」

思わず、ぽかんと口を開けてしまった。強面《こわもて》のままだったけれど、おじさんから普通の返事があったのだ。

晴子さんからも、少し弾んだ挨拶が飛んでくる。

「いらっしゃいませ！」

おじさんは何も答えない私を、怪訝《けげん》な顔で見つめた。慌てて何度も頷く。

「はい、あの、新しいです！」

「へえ。まあ、あのお腹《なか》じゃ、あの人も大変だったろうしな」

おじさんはそれ以上会話をつづけようとはせず、さっさと新聞紙を広げてしまった。しかし、彼はどうやら、三人の常連の中では最も人当たりがいい。ここで挫けちゃダメだ。

挫けたら、そこで会話終了だ。会話に負けたっていい、内容で勝つんだ。

「何新聞、読んでるんですか？」

軽く舌打ちをしたあと、おじさんは一ページ目を見せてくれた。

「業界新聞だ。どうかしたのか」

「あ、いえ。妖怪、新聞？」

ぶっと、カウンターの読書リーマンが吹き出す音が聞こえた。

「違うよ。俺が働いてる建築業界の新聞だよ」

「――あ、建築業界の新聞です、か」

おじさんは苦笑すると、再び新聞に視線を戻してしまった。どうやら会話は終了したようだ。しかも内容も散々。

読書リーマンの焼き魚定食が出来上がった。今日は鯖《さば》の一夜干しだ。何でも房総《ぼうそう》で漁師をしている晴子さんの親戚から直接仕入れて干したもので、焼き上がった立派な鯖はつやつやに照り輝き、見るからにしっとりと脂がのっている。絶妙な塩加減で旨味が力強く引き出され、本日の白米シルキークイーンとの相性も抜群のはずだった。

言葉を尽くしてメニューについて説明する間も、読書リーマンはバフェットとやらについて書かれた文庫から視線を外すことはなかった。

おじさんのほうは、鯖を口にした時に何か言いたげだったけれど、鼻から息を漏らしただけで黙ってしまった。

そうこうしているうちに、茜ちゃんが席を立った。

「ありがとうございました。またよろしくお願いします」

無愛想な背中に声を掛けると、茜ちゃんは顔だけ振り向いて言い放った。

「私、もう来ない」

「え、あの――」

「だから、もう来ない」

どうして？ と尋ねたかったけれど、口元は凍ったまま動かなかった。茜ちゃんが、つまらなそうに背を向けると、再び歩き出す。その姿をじっと見送っているうちに、ぽつり、またぽつりと、水滴がコンクリートを暗く染めていった。

三人の無口な常連たちが帰ったあと、お店の中はいつも以上に分厚い沈黙に包まれた。黙々と掃除を終え、重い口を開く。

「あの、晴子さん。すみませんでした。茜ちゃん、もう来ないって――」

晴子さんも疲れたようにカウンターに身を投げ出すと、首を振ってみせた。

「ううん、仕方がないよ。私の腕不足」

「違います！ 私がお客さんとコミュニケーションしようとしたからです。きっとあの年頃の子だし、毎朝、外で朝ごはんを食べるなんて複雑な事情とかあるのかもしれないし、やいやい話しかけられたくなかったんだと思うんです」

「そうかもしれないけど――」

一旦俯《うつむ》いたあと、晴子さんが顔をあげて微笑《ほほえ》んだ。

「でも、話しかけて良かったんだと思う。放っておいてほしい人にほど、話しかけなくちゃいけないんだよ」

思わず、晴子さんをじっと見つめてしまった。ゆっくりと、今聞いた言葉の意味が染みこんでくる。

旦那さんを亡くして、すごく大変な時期を過ごして――多分、晴子さんもこの食堂を開くまでに、色んな人に話し掛けてもらったんだ。そして私も、この食堂で働くまで、色んな人の声に導かれた。

「だから、声を掛けたのは、間違いじゃないと思う」

独り言のように呟《つぶや》かれた言葉に、鼻の奥がつんと痺《しび》れた。

そうだ。挫けている場合じゃない。自分で言い出したことを一つ一つやって行かなくちゃ。

「取りあえず、チラシを書いて配らなくちゃですよね」

無理にでも宣言してみると、晴子さんが嬉《うれ》しそうに頷いた。

二人でテーブル席に腰掛け、A5サイズの小さな紙を用意する。背筋を正した晴子さんが、ハレのヒ食堂という店名をまず書き入れた。書き入れたのだけれど――。

「あの、晴子さん。もしかして、字、下手ですか？」

晴子さんが申し訳なさそうに頭を下げる。

「すみません。子供の頃から、字を書いてる時間がもったいないっていうか、手が追いつかないっていうか、どうしても粗末になっちゃって」

しょぼくれる晴子さんを何とかして励ましたかったけれど、どういう角度からもフォローできないほど、その字は下手だった。無言のままでいると、晴子さんが、おそるおそる言った。

「良かったら、深幸さん、書いてみてくれない？」

「え、私ですか⁉」

思わず目を瞬《しばたた》く。私の字だって、とても人様にチラシで呼びかけられるような代物ではない。それでも——晴子さんの字よりは、マシかもしれなかった。

「私なんかで良ければ、頑張ります」

そろそろと頷く。そう言えば、小さい頃から友達も少なかったから、自然と絵を描くために、スケッチブックに向かっていることが多かった。ああいうお絵かき感覚でなら、何とかやれるかもしれない。

私は、もう一枚A5の紙をテーブルに広げると、晴子さんからサインペンを借りた。少し考えてから、なるべくポップに見えるような字体でハレのヒ食堂と書き出した。まずは何と言っても、雰囲気の明るい、朝ごはん専門の食堂であることをアピールしたほうがいい。実態は、まだ追いついていないけれど。

『ハレのヒ食堂　～とびきり美味しい、こだわり朝ごはんの専門店です～』

「あの、こんな感じではじめたらどうでしょう」

そっとお伺いをたてると、「おお」と晴子さんが大げさに手を叩《たた》いた。

次は、メニューだ。目玉焼き定食と焼き魚定食の二種類。それぞれのこだわりを、晴子さんに相談しながら読みやすいように書いていく。晴子さんが特に強調したい箇所は、波線を引いたり、太字にしていった。

「深幸さん、すごいよ。なんか、すごくいい食堂に見えてくる。プロに頼んだみたいだよ」

晴子さんが心の底から褒めてくれたのがわかって、慌てて首を振った。

「いえ、全然そんなことないです」

それでも、ちょっとくすぐったい気持ちになる。思わず浮かれて、余ったスペースに、目玉焼きや焼き魚のイラストまで散らしてしまった。あとは店の地図と連絡先、住所を下部に記入して終わりだ。

「ほんとに才能あるよ、深幸さん。こういうの、どんなに頑張っても出来る人と出来ない人がいるんだよ」

晴子さんが、さっきよりも熱心に言った。自分の頰に、赤味が差していくのがわかる。

なぜだか視界が滲《にじ》んできて、小さく答えるのがやっとだった。

「ありがとうございます」

誰かの役に立ったと認めてもらうことが、普通の人には当たり前のことでも、私みたいな人間には、受け止めきれないほど大きな出来事だったのだ。きっと大げさに言ってくれたのだと解《わか》ってはいるけれど、それでも嬉しかった。

「これ、色のついたいい紙に印刷してもらおう」

晴子さんは用紙を大事そうにクリアファイルに入れた。

その後は、二人で印刷ショップへと赴き、朝焼けの色に似た薄桃色の紙を選んだ。五百枚のチラシを半分ずつに分け、それぞれ駅の違う出口で配ることにする。

チラシが出来たのはいいけれど、ここから先は、私たちにとって未知の世界だった。

「じゃあ、無理しないで。お互い、夕方六時には店に集合して帰ることにしよう」

告げる晴子さんの顔付きは固い。私も似たような表情に違いなかった。

ロボットのようにぎこちない姿でチラシを配るお互いの姿が、お互いの頭の中に浮かんでいるのがわかった。


吉祥寺の駅ビル、アトレ吉祥寺の前で、私はおずおずと道行く人に声を掛けている。

「ハレのヒ食堂です。おいしい朝ごはんの食堂です」

小雨が降ったり止《や》んだりを繰り返す中、チラシを受け取ってくれる人は少なかった。それどころか、こちらに視線を寄越す人も殆《ほとん》どいない。一時間ほど配って五時になっても、チラシは十枚も減っていなかった。

――甘かったかな。

自分だって、路上で配られるチラシを積極的には受け取ってはいなかった。

それでも、親切そうな人や明るそうな人、それにお腹の空《す》いていそうな人を中心に紙を差し出すと、ようやく十五枚だけチラシがなくなった。

おかしな二人連れが視界の端に映ったのは、人の好《よ》さそうなおばさんがチラシを受け取ってくれた直後だった。いや、正確に言うと、二人連れのうちの一人に、見覚えがあった。

あれって、制服じゃないけど茜ちゃんだよね。

大きな男性用の傘の下で、やや俯き加減で歩いている。膝丈の紺のワンピースに華奢《きゃしゃ》なネックレスをしてリップを塗っている茜ちゃんは、朝より少し大人びて見えた。相手の男は、茜ちゃんと同い年か少し上くらいの男の子だ。

彼氏だろうか。整った顔立ちのその少年を、なぜか私は好きになれなかった。もう一つ気にくわないことがある。何だかすごく見覚えのある、茜ちゃんの表情だ。

彼氏と歩いているのに、どうしてあんな強《こわ》ばったシーツみたいな顔をしているんだろう。

考える間もなく、私はチラシの入った袋を抱えて二人の後を尾行していた。

まさか、違うよね。ただのデートだよね。あの夜の私みたいなこと、しようとしてないよね。朝と同じ無愛想な背中に問いかけるけれど、もちろん答えはない。

そう。彼女の表情は、まるであの夜の私みたいだったのだ。

人混みの中、二人の傘を必死で追いかける。

私の願いに反して、辺りにチラホラとホテルが現れはじめた。男の子は、傘を一層目深にして、そのうちの一つへと茜ちゃんを誘い入れようとしている。

ダメだ！　あんな顔をしたまま、その入り口をくぐったらダメ！

気がつくと私は走り出していた。

「茜ちゃん、こっち！」

赤い唇をあっと開いた茜ちゃんの腕を取ると、もう片方の手でチラシ袋を抱え、再び必死に走り出す。

「何やってんの。放してよ！」

それでも私は茜ちゃんの腕を放さなかった。少しでも力を緩めたら、茜ちゃんが消えてなくなってしまいそうな気がした。

「放せ、バカ、根暗！」

茜ちゃんの声が、だんだんくぐもって湿っていく。小雨が再び降り出して、明かりの灯《とも》りはじめた吉祥寺の街が滲んでいった。

「バカで根暗だけど、放さない！」

彼氏が追いかけてこないか、何度も振り返りながら走りつづけた。今日が雨だったことが幸いしたのか、人々の傘に紛れて、私たちは彼の視界から上手く外れることができたようだ。

茜ちゃんは、走っている間ずっと私を罵倒しつづけたけれど、決して、他の方向に走り出そうとも、私の腕を振り払おうともしなかった。

滅茶苦茶に走ったつもりで、結局、いつの間にかあの公園まで来ていた。

「待って、もう走れない」

茜ちゃんが苦しそうに言って、とうとう足を止めた。私もようやく、全身から力が抜ける。今頃になって、膝にガクガクと震えが来る。それでも、茜ちゃんの腕は摑《つか》んだまま放せない。

茜ちゃんが気味悪そうに呟いたのは、その時だった。

「ねえ、あの人、誰？　知ってる人？」

目を向けると、公園の入り口に、男が一人立っている。

——前島テクノサービス　営業課長　前川尚人。

私がワリキリの夜に逃げ出した男だった。

どうしてこの男がここに——？　今日の私は何かに呪われているのだろうか。

茜ちゃんの腕を摑んだまま、再び踵《きびす》を返そうとした。前川さんの悲鳴が響き渡る。

「待ってくれ！　違うんだ！」

待つわけがない。走り出したその時、派手な水音とともに人の倒れる音がした。顔だけ振り返ると、前川さんが憐《あわ》れっぽい顔で路面から顔を上げて手をこちらに伸ばしている。

「ねえ、止まってあげたら？」

茜ちゃんが見かねたように口を挟んだ。彼女の腕を摑む私の手は、さっきの膝よりも大きく震えている。

「大丈夫そうだよ？」

いつになく優しい声とともに、茜ちゃんが私の手にそっと薄い手の平を重ねた。

ようやく震えが収まって、私は体ごと振り返った。

「よかったら、これ――」

公園の自販機で買った缶コーヒーをおそるおそる差し出すと、前川さんは少し受け取るのをためらった。

「いえ、その、毒とか入ってないですから」

ハレの日食堂からも見晴らせる公園の大池脇のベンチで、茜ちゃん、私、前川さんの順番で腰掛けた。彼の隣に座るのはためらわれるけれど、私の頭の中では、彼の名刺入れの中にあったプリクラの写真が、チラチラと甦《よみがえ》っていた。女子高生まで相手にしているらしい前川さんと茜ちゃんとを隣合わせにするわけにはいかない。

それでも、恐ろしさと嫌悪感が同時に襲ってきて、自然と茜ちゃんのほうへと体を寄せてしまう。私と前川さんの間には、少なからぬ空間があった。

前川さんはコーヒーを一旦ベンチの脇に置くと、濡《ぬ》らしたハンカチで膝の辺りの土汚れを落とした。さっき転んだせいで膝を軽く擦《す》り剝《む》いてしまったらしい。

茜ちゃんは、興味深そうに私と前川さんを見ていた。どうやら、完全に楽しんでいるようだ。

正直、茜ちゃんがいては、あまり露骨な話はできない。ハレの日食堂で待っていてもらおうか。

怒って追いかけてきたんだよね。私のこと。そうだ、お金。パスモに入っていたお金はええと、何百円だったっけ。あれを返せば、少しは納得してくれるのだろうか。

ぐちゃぐちゃと考えている間に、前川さんが口を開いた。

「言っておくが、私はストーカーじゃない」

「違うの⁉」

返事をしたのは、なぜか茜ちゃんだ。

「じゃあ、なんなの？」

「茜ちゃん、あの、それは後で私からちゃんと説明するから」

じれたように、前川さんが口を挟んだ。

「返してくれ。例のもの」

「あ、パスモですよね、申し訳ありません。いつかちゃんと返すつもりで――」

「パスモなんてどうでもいいんだ！　名刺入れ、名刺入れのほうだよ！」

悲鳴みたいな叫び声に、ようやく私は、前川さんも怯《おび》えていたのだと悟った。

そうか、会社にバラされたりしたら、大変だものね。

見た感じからして、多分、そんなに気の大きな相手じゃない。あの夜以来、ずっと生きた心地もしなかったのだろう。

迷った末に、私は、配っていたチラシを前川さんに一枚手渡した。

「すみません。今、手元になくって――。だから、明日、ここに来てください。私、ここで働いてるんです」

前川さんが意外そうな顔をした。

「いいのか、居場所なんか教えて」

「これで、おあいこだから」

前川さんは、納得したように頷いた。

「明日、出勤前に行こう」

少しだけすっきりとした顔でベンチから立ち上がると、前川さんが気弱な笑みを浮かべた。

「あんた、少し変わったな」

思ってもみなかった言葉に、一瞬、黙ってしまう。

あの夜から環境は大きく変わったけれど、自分の中身はさほど変わったようには思えない。相変わらず私は、やじろべえみたいに揺れながら日々を送っている。

でも、確かに、もう——。

「私、二度とああいうことしないと思います」

前川さんが、すっと目を逸《そ》らす。追いかけたり、転んだりしたせいか、あの夜よりもさらに疲れているように見えた。嫌悪感が消えたわけではないけれど、何だか少し可哀相《かわいそう》にも思えてきた。

「私だって、ああいうことは初めてだった。危ないとは思ったんだ。だがまさか、あんたみたいな大人しそうな子が名刺入れを盗——」

茜ちゃんの手前、慌てて咳払《せきばら》いをした。

「ああいうことって、なんですか?」

興味津々の茜ちゃんの問いかけには答えずに、前川さんは呟いた。

「あの中に、プリクラが入っていただろう。それを忘れないで持ってきてくれ」

例の女子高生と撮ったものに違いない。そんなに、相手に入れ込んでいたのか。

さらに茜ちゃんのほうへと身を避《よ》けると、前川さんが苦笑した。

「娘と撮った最後の写真なんだ。小遣いをせがむために、あんなことをしてくれたんだが、たった一度さ」

「あの写真、そうだったんですか」

意外な事実に、思わず前川さんの横顔を見つめる。そのくたびれ具合に、今日はほんの少し、ブルースを感じなくも、なかった。

「妻が去年、出ていってね。娘もお父さんみたいなサラリーマンにはなりたくないっていつも反抗ばかりしていたから、私のところには寄りつきもしない」

贅沢《ぜいたく》ができるような給料じゃなかった。夢中になれる仕事でもなかった。それでも、妻子のために精一杯働いてきたつもりだった。

「でも、気持ちは全然伝わっていなかった。いわゆる熟年離婚ってやつなんだろうな」

立ったまま、前川さんがコーヒーの缶を開けて、一口飲んだ。力のない仕草だった。

「──同情できないんですけど」

今までとは打って変わった冷たい声で、茜ちゃんが呟いた。

「おじさん、自分に都合のいいようにしか今、語らなかったでしょう。おじさん、きっと奥さんにマイナス貯金をしてきたんだよ。長年暮らした相手を見限るってよっぽどのことだもん」

「茜ちゃん、何もそんな──」

それでも、彼女のまっすぐな瞳を見て、何も言えなくなる。その視線は、怒りでいっぱいだった。おじさんに対する怒りじゃない。多分、彼女の両親に対するものじゃないだろうか。

前川さんはがっくりと項垂《うなだ》れた。

「そうだな。付き合いとはいえ、妻には言えないような店にも通ったし。子育てもろくに手伝わなかった。あの頃の不手際は、一生許してもらえないらしいな」

前川さんに何と声を掛ければいいのかわからなかった。

茜ちゃんが、少し言い過ぎたと思ったのか、口調を和らげる。

「うちのお祖母《ばあ》ちゃんもママも、相手に出ていかれたんだ。うち、けっこう大きく商売やっててさ、お祖母ちゃんが具合を悪くしてからは朝、昼、晩、経営している旅館から仕出しみたいなごはんが届くの。豪華だけど、飽きるよ。うちの家系は男運が悪いってママは嘆くけど、パパが出てったのは、ぜったいあの仕出し料理のせいだと思う」

それで、茜ちゃんは毎日、ハレのヒ食堂に朝ごはんを食べにくるのか。確かに、家庭の味
「仕出しの料理が、あんたのお母さんのマイナス貯金ってわけか。確かに、家庭の味に癒に癒やされる男は多いからなあ。単純なものなんだよ」

前川さんが、苦く笑った。

何となく三人で黙った。どこかで野良猫が鳴いている。

今日もこの人は、一人の家に帰るんだろう。静かに夜を過ごすんだろう。かつての食卓を思い出しながら、コンビニのごはんを食べるんだろう。

それでも、少しでも明日に光を感じてほしかった。私が、夜眠る前に、ハレのヒ食堂の朝ごはんに思いを馳《は》せるように、前川さんにもほんの少しの楽しみがあればいいと思った。

「あの、ほんとに明日、ハレのヒ食堂に来てください。ちゃんと全部お返ししますし、それに色々やらかしたお詫《わ》びに、朝ごはんをご馳走《ちそう》しますから」

「しかし――」

「とっておきの、こだわり朝ごはんなんです。お願いします！」

頭を下げると、戸惑っていた前川さんも、おずおずと承知してくれたようだった。

前川さんが何度もこちらを振り返りながら帰っていくと、いよいよ私と茜ちゃんだけになった。

「で、余計なことしてくれたよね。私に」

茜ちゃんの声からは好奇心がとっくに失われている。でも、私は、間違ったことをしたとは思えなかった。

「余計なことじゃ、なかったと思う」

――あんた、少し変わったな。

前川さんの声が耳の奥で甦った。確かに、私はちょっと変わったかもしれない。お腹の底に力が入る。茜ちゃんの目をまっすぐに見ても逸らさずにいられる。ちゃんと伝えなくちゃと思った。私が前川さんと、どんなことをしようとしたのか。どれだけそのことを後悔しているか。

「さっきの男の人ね、私が売春しようとした相手なの。ワリキリってやつ」

茜ちゃんの大きな二重が、さらに大きく見開かれた。

「ホテルまで行って、耳に舌を入れられて、その時やっと無理だってわかった。幸い、私は逃げられたけど、もし彼の力がもっと強かったり、気の荒い人だったりしたら、あのまま後悔することになってたと思う」

あの時の私は、自分なんて価値がないと思ってた。誰かの役に立つなんて、そんな場所がこの世界のどこかにあるなんて、とても信じられなかった。だから、自分のことをどんな風に扱ってもいいやって、どんどん低く扱ってやれってそんな風に自暴自棄になってたんだと、茜ちゃんに言いながら気がついた。

自分では意識していなかったけれど、私は、家もお金もないあの最低の状況に向かって、自分なんかには一番似つかわしい場所だと自らを追い込んでいた気がする。

だけど、茜ちゃんはどうして？　だって、そんなに可愛《かわい》くて、頭も良くて、これから人生の選択肢だって無限にあるのに。家系的に男運が悪いなんて、もしかして、信じているの？

多分、それら全部の無言の問いかけを受け止めた上で、茜ちゃんは答えた。

「私だって、今夜初めてだったから」

「――うん」

「彼氏が、待てないって言うから。そんなに言うんだったら、全然気分でもないけど、ほんとに好きかもわかんないけど、一応彼氏なんだし、いいかなって」

「うん。でも多分、ダメだったんだよ」

「――うん」

茜ちゃんが俯く。

大池をしばらく見つめたあと、茜ちゃんが言葉を継いだ。

「私、あなたが私とほんのちょっと似てるって思ってた。ここにいていいんですか、っておどおどしてる顔が自分みたいだなって。私が必死に隠してる自分を堂々と表に出しちゃってる姿が、いたたまれなかったんだよね。でも、勘違いだったかも」

思ってもいなかった言葉に、弱く首を振ることしかできない。

勘違いじゃない。私は、この世界に属していい存在なのか、いつも自信がない。でも、茜ちゃんがそうだなんて、本当なの？　それだけじゃない。どうしていつも、つまらなそうな顔をしているの。それは、お父さんが出ていってしまったことと何か関係があるの。

茜ちゃんが、つま先で地面を蹴った。

「男と女のことって、よくわかんないね。自分を大事にするって、どういうことなんだろう」

「私にも、全然わからないや」

何が茜ちゃんにそんな事を言わせるの。

もっと踏み込んでみようか、でも、こちらから聞いたら、茜ちゃんはもう扉を閉ざしてしまう気もした。

逡巡《しゅんじゅん》している間に、茜ちゃんがベンチから立ち上がる。いつの間にか、辺りは暗くなっていた。

ゆっくりと茜ちゃんが歩き出す。

どうしよう、このまま、茜ちゃんが行ってしまう。

「あの！　茜ちゃんも明日、食堂に来ない？」

我ながら、切羽詰まった憐れっぽい声だった。

「やっぱり、もう来ないって言ったこと、撤回しない？」

「何も詳しく言い直さなくたって――」

茜ちゃんがむくれた声を出す。それでも歩みを止めて、茜ちゃんが告げた。

「あのさ、いらっしゃいませより、おはようございますのほうがいいんじゃない？　小夜さんはいつも、そう言ってくれてたけど。ありがとうございましたの代わりに、いってらっしゃいだったし」

「おはようございますに変えたら、また来てくれるの？」

「——考えとく」

茜ちゃんは振り返らないままそう答えると、細い脚を軽やかに動かして去っていく。暗がりの中に消えていく姿は、子鹿の精みたいだった。

はっと気がついて、もう一度、少し遠くなった背中に呼びかけてみた。

「あの、コーヒーとか出そうと思うんだけど、どう思う?」

子鹿の精が再び立ち止まって、ぴょんと跳ねたように見える。

「ずっとそうすればいいと思ってた!」

茜ちゃんが笑った顔を、私は初めて見た。それはもぎたての果実がはじけたみたいで、もしかして晴子さんの旦那さんは、ああいうお客様の顔を食堂で見たかったんじゃないかと思った。

その日、私と晴子さんが軽トラで家に帰って真っ先にしたこと。それは、今日の営業で気がついたことの反省や茜ちゃんのアドバイスを吟味してみることではなく、ぴいちゃんのもとへと駆けつけることだった。

二人とも、慣れないことつづきで疲れ切っていた。何よりも、癒やしが欲しかった。

小屋の中から私たちを見つけると、ぴいちゃんは今まで放っておかれたことに抗議するように何度もぴいぴいと鳴いた。そのふわふわの姿がいじらしくて、私も晴子さんも卵の黄身みたいに蕩《とろ》けてしまいそうになる。いや、その考えはぴいちゃんに申し訳ないか。

ふと、晴子さんが真面目な声を出した。

「ねえ、ぴいちゃんって、鳥目じゃないのかな。私たちのこと、どうして判《わか》るんだろう」

「そこは、雰囲気で察してるんじゃないでしょうか」

小屋の扉を開けると、ぴいちゃんは迷わず駆け寄ってきて、晴子さんの差し出した手の平の上に乗った。鳴いていた声がぴたりと止む。

「どうしよう、寝ちゃった」

晴子さんが、とろとろの声で嬉しい悲鳴を上げた。

そのまま小屋に戻すのも忍びなくて、とうとう私と晴子さんはぴいちゃんを家の中へと連れ込んでしまった。少し経《た》って、雅志さんが夕食目当てで現れると、晴子さんよりさらにめろめろになったのは言うまでもない。


「今日の夕ごはんは、麻婆《マーボー》豆腐とチャーハンの中華料理にしてみた」

ぴいちゃんを泣く泣く小屋へと戻したあと、私たちは食卓を囲んだ。雅志さんはガッツポーズを決めている。どうやら大好物のようだ。

「山椒《さんしょう》をたっぷり使い過ぎちゃったかもしれないけど」

「晴子の麻婆豆腐は四川《しせん》風でうめえからなあ」

出てきた大皿の上には、赤味の強い麻婆豆腐が大盛りによそわれていた。香り立つ湯気を吸い込むと、つんと鼻の奥に刺激がある。

「舌が痺れるくらいめちゃくちゃ辛いのに、ちゃんと旨味がこう、層になって残るんだよな」

雅志さんが大皿からうきうきとレンゲで掬《すく》う。

「深幸さんも、好きなだけ食べてね。みんな直《じか》レンゲでいいよね?」

「あ、はい。もちろん」

茜ちゃんと吉祥寺の街を走りまくったせいか、もうお腹が限界だった。口の中には唾の海ができかけている。

レンゲで小皿に掬うと、「いただきます!」と小さく叫んでさっそく口の中に放り込む。ぴりぴりと口の中全体に辛みがはじけて、コク深い甘さが後から何重にもなって追いかけてきた。

「お、美味しいです」

「良かった」いつもながら不安そうな顔をようやく崩すと、晴子さんも食べ始めた。

チャーハンもぷりっぷりのエビをたっぷりと使ってあり、主張の強すぎない味が麻婆豆腐とよく合っている。痺れたようになった口を休めるには最高の、優しい味だった。ごはんがぱらぱらに仕上がっているのも流石だ。家庭料理の域を軽く超えている。

お腹が落ち着いたところで、私はようやく晴子さんに、例の茜ちゃんと私からの提案を相談してみた。挨拶のことと、食後のコーヒーのことだ。

「そう言えば、小夜さんはいつもおはようございます、いってらっしゃいだった」

話を聞いた晴子さんが頷く。

「食後のコーヒーもいいんじゃねえか？　確かに朝はコーヒーを飲まないと始まった気がしないって人、けっこういるしな。でも、苦手な人もいるから、紅茶とどっちかを選べるようにしたほうがいいかもな」

「でも私、コーヒーも紅茶も勉強って全然したことないから、ちょっと時間がかかっちゃうかも。まずは学校探しから始めないと」

晴子さんが生真面目な顔で独りごちる。

「あ、いや、そんなバリスタが淹《い》れるようなコーヒーじゃなくてもいいんじゃないでしょうか。食堂で専門店なみのコーヒーが出てきたら、うちの場合、みんな今まで以上に緊張しそうっていうか」

「緊張する？」

意外そうに問いかけてくる晴子さんの顔を見て、慌てて口を手で覆う。調子に乗って余計なことまで漏らしてしまった。晴子さんが畳みかけてくる。

「みんな、緊張してる？　うちの食堂で？」

「はい。ごはんを食べる時は、けっこう背筋が伸びるっていうか。でも、だからいい緊張感なんです。朝からしゃきんとするっていうか、ねえ雅志さん」

まだ麻婆豆腐をぱくついている雅志さんに助けを求めると、困ったように首を傾《かし》げる。

「俺、他のお客がいる時間帯にいたことないから。でもまあ、緊張するっていうのはわかる気がする。晴子さあ、家のごはんと違って、なんか肩に力が入ってるだろう」

「だってそれは、お金をいただくんだし、最高のものをお出ししないと」

晴子さんの顔付きが引き締まった。厨房に立つ時の表情そのものだ。

「それだよ、それ。さっきのコーヒーの話じゃないけどさ、肩の凝る最高のものよりリラックスして食える美味《うま》いものがいいっていうかさ。決して質を落とせって意味じゃないんだけどな」

彼の言葉が処理能力の限界を超えてしまったのか、晴子さんの顔から表情が消えていた。そのまましばらく、放心したように、障子の一点を見つめている。

「――あの、晴子さん。晴子さん？」

はっと、晴子さんが瞬きを繰り返した。意識が再起動されたようだ。

「ごめん、ちょっと色々と考えてみるね。私、今日はこれで休むよ」

よろよろと立ち上がると、お膳を下げ、いつものように旦那さんの分の夕食とともに部屋へと下がっていった。バタンと廊下の先でドアが閉まった音を確認すると、私は雅志さんにおそるおそる尋ねた。

「私、余計なこと、言っちゃいましたよね」

雅志さんは黙って首を振った。

「いいんだよ。本当のことだろう？　実際さ、どう思う？　うちで食べる晩ごはんと食堂の朝ごはん、どっちが美味い？」

核心を突く質問に、思わず目が泳ぐ。私の反応を見て、雅志さんがため息をついた。

「やっぱり、うちで食べる晩飯のほうが美味えよなあ」

ここに来たての頃から感じていたことだ。しかしまさか、雅志さんまで同じように思っていたとは。

「どうしてなんでしょう。食堂の朝ごはんのほうが、材料だって調理法だって断然しっかり研究しているはずなのに」

「うん。でも、もしかしてあの探究心が良くないのかも」

雅志さんが憂い顔をする。晴子さんが旦那さんのごはんを運ぶのを見た時と、同じ表情だった。

探究心が、良くないこと？

私にはどういうことかわからなかったけれど、雅志さんはそれきりその話題には触れなかった。その代わり、私たちはコーヒーについて相談をつづけた。

結局、コーヒーの件は、雅志さんが知り合いの経営するカフェから、もう使わなくなったお店用のコーヒーマシンを譲り受けてくれることになりそうだった。もちろん、晴子さんの了承を得られればだけれど。コーヒーマシンなら、豆さえ用意すれば、ある一定の美味しさのコーヒーを出すことができる。

ハレのヒ食堂は、少しずつだけど変わろうとしている。私も、何だか少しお腹に力が入るようになった気がする。

だから、もしかして、と思う。今日、早めに下がってしまった晴子さんの中でも、何かが起こっているのかもしれなかった。

翌日、私はいつものように、アラン会長のもとへと朝ごはんを運んだ。会長は畑の土をいじっていて、声を掛けると深い思索から覚めたばかりのような目線を向けてきた。

「おはようございます」

「なんだ、あんたか」

ゆっくりと立ち上がって、いつものテントの中のテーブルへと腰掛けると、私の置いたお盆のメニューを見下ろした。

「今日は目玉焼き定食をお持ちしました。サラダは朝採ったプチトマト、レタス、ベビーリーフ。ハムと卵はいつものながさわ自然牧場から仕入れたもの。ハムは会長お好みのように、やや焦げ目がつくらいまで焼いてあります」

「ふん、見た目だけはいつも立派だな」

皮肉な合いの手に挫けそうになりながらも説明をつづける。

「小鉢はカレー風味のコールスローサラダ、湯むき里芋の粗塩添え、お味噌汁は水菜と油揚げ、ヒラタケで、お出汁《だし》は高知産の鰹《かつお》で取りました。白米は——」

「相変わらず、どっかの旅館か仕出し屋みたいだな」

アラン会長はみなまで聞かずに、まず、サラダから口を付けた。つづいてお味噌汁を啜り、目玉焼きをハムといっしょに口の中に放り込む。全部、一口ずつだ。

「今日もサラダだけ。他は、いつもより悪いくらいだ。あいつ、体調でも崩したのか」

アラン会長の鋭さに、思わず肩が揺れた。

「あのう。実は私、昨日の夜、晴子さんに何か余計なことを言っちゃったみたいで」

刺すような視線に身を竦《すく》めながらも、昨日の晴子さんとの会話を伝えた。すると会長は珍しく表情を和らげた。

「なるほどな。緊張する、か」

「はい。そのせいか晴子さん、今日はいつもより変に力が入っちゃってて。いつもはすいすい泳いでるみたいに動き回ってる厨房の中でも、ぎくしゃくしてるっていうか」

アラン会長は、お盆をこちら側に押してよこした。

「これ、ヨシが持っていくから、今日も手ぶらで帰っていいぞ」

お盆は、やはりほとんど手つかずのままだ。

一体、どうすれば前に進めるのだろう。どうしたら、食べてもらえるのだろう。自分がつくっているわけでもないのに、お盆をじっと見つめたまま動けずにいると、アラン会長が面倒くさそうに告げた。

「コミュニケーションとやらを昨日から始めたんだろう。だったら客と話してみろ」

それは、メニューに対するアドバイスなのだろうか。

「は、はい。あの、通ってくれる女子高校生の意見で挨拶を変えたりとか、あとは食後のコーヒーを出そうって決めたりとか」

「それは晴子の考えか」

アラン会長の声に、言い訳めいた口調で答える。

「いえ、ええと、私がそうしたらどうかなって思って。食後って、みんなもっとゆっくりしたいんじゃないかな、とか」

「ふん、なんだよ。あんたの考えか」

アラン会長は鼻から息を出すと、もう行けというように手で払う仕草をした。

食堂に戻ると、晴子さんがいつも以上に逼迫《ひっぱく》した表情で厨房に佇《たたず》んでいた。

まずい、やっぱり私のせいで、余計に悩んじゃったんだ。

今まで築いてきた晴子さんのやり方があったのに、いきなりお客とコミュニケーションを取れだの、食べる時に緊張するだの、生意気ばかり言ってしまった。ちょっと役に立てるかもなんて調子に乗って、晴子さんをこんな風にしてしまったのだ。

「あ、あの、晴子さん。すみません。私の言ったことなんて、全部忘れちゃってください」

晴子さんがぎこちなく微笑み返してくる。

「会長、今日はなんて？」

メニューに対する感想には敢《あ》えて触れずに、私は、会長からのアドバイスだけを伝えた。

「お客様と話せ、か。うん、私、頑張るよ。頑張ってみなさんにリラックスしてもらわないと」

本当は、逆に肩の力を抜いて欲しかったけれど、今の晴子さんに伝えたら肩の力の抜き方を真面目に模索してしまいそうだった。息を吸って、吐いて、私だけでも体の力を抜こうと努める。それでも、背中に変に力が入ってしまい、店の中には、二人の発する妙な緊張感が充満していた。

いよいよ開店時間の七時。入口の札をひっくり返すと、向こうから見慣れた制服姿がやってくる。茜ちゃんが来てくれたのだ。嬉しくなって、思いきり手を振った。

「おはようございます！」

「おはよ！」

茜ちゃんが苦笑気味に返事をしてくれた。途端に、あれほど頑張っても抜けなかった体の力が抜けていく。気持ちに心地好い張りが生まれたのがわかった。

あれ、なんで？

茜ちゃんがぶらぶらと近づいてきた。

「深幸さん、声大きすぎ――どうしたの？　いつにも増してピンぼけみたいな表情しちゃって」

毒舌は相変わらずだけど、茜ちゃんの態度はかなり親しげなものに変わっていた。そのことも嬉しくて、ますます気持ちがぴんぴんしてくる。

「うん、おはようございますに挨拶を変えたら、なんか、いい感じにリラックスできるっていうか」

茜ちゃんがにっと笑いながら店の中に入っていった。

「なんか、いいでしょ。アドバイス料はただでいいよ」

茜ちゃんは店の中をぐるりと見回すと、いつもみたいにカウンターの端とか、テーブル席とかじゃなくて、カウンターの真ん中に腰掛けた。

「おはようございます」

挨拶をした晴子さんに、すぐに茜ちゃんからも声が返っていく。

「晴子さん、おはよ――晴子さんまでどうしたの？　なんか、面喰《めんく》らった顔してる。そんなに私が挨拶するのが変なわけ？」

大きく首を振って、晴子さんが頬を赤く染めていた。私にはわかった。晴子さんにも、私と同じ変化が起きたのだ。お客様から返ってくる挨拶で、不思議と気持ちが沸き立つ今さっきの感覚を、彼女も味わったに違いない。

「いいえ。何でもないです。あの、ありがとうございます」

晴子さんは真っ赤になったまま、コンロの前へと移動していった。

「目玉焼き定食でいいですよね」

水を差し出すと、茜ちゃんが頷く。

「ねえ、昨日言ってたコーヒーって、いつから出すの？」

「あ、それは来週くらいの予定。カフェで使ってたマシンを譲って貰《もら》えることになったから」

「それじゃあ、もしかしてカフェラテとかも作れるやつかな？　私、コーヒーにはミルクたっぷりじゃないと飲めないんだよね」

「聞いておく。でも多分、大丈夫だと思う」

「もしできなくても、ミルクを用意しますよ」

晴子さんと目が合う。お互い、感無量の表情だった。

隊長、これですよね。これが、常連のお客様との何気ない会話ってやつですよね。

他の店では当たり前のこのワンシーンは、私たちにとっては険しい山を越えた先にある黄金郷だったのだ。

茜ちゃんの定食が出来上がる頃、いつもの作業着のおじさんもやってきた。

「おはようございます！」

声を掛けると、おじさんも嫌な気はしなかったみたいだ。

「おお、おはよう」

短く返事をすると、なんとおじさんまでカウンター席に腰掛けた。茜ちゃんとは一席空けた場所に、例の業界新聞を広げている。

いつもテーブル席だったのに、一体どういう風の吹き回しだろう。

「おはようございます」

晴子さんからもカウンター越しに挨拶を受けると「焼き魚定食を頼むよ」と直接オーダーした。水を差し出すと軽く片手まで上げてくれている。

挨拶を変えたせいだけじゃなく、昨日、思い切って話しかけたからだろうか。

「今日のお魚は鯵《あじ》の開きです。小鉢はイカとオクラのめんつゆ和えにしました」

「うん」短く返事をすると、おじさんはじっと厨房の中を覗いた。コンロの前で焼き魚を準備する晴子さんの美しい姿、ではなく、手元をじっと見つめているようだ。

「あの、何か気になることでもありますか？」

尋ねると、おじさんは何故《なぜ》かうろたえたように短く答えた。

「いや、別に」

そうこうしている内に、例の読書リーマンもやってきた。

「おはようございます！」

挨拶をすると少し気圧《けお》されたように眼鏡をくいっと上げ直している。

「おはようございます」

晴子さんからも朝の挨拶を言われると、やはり頬を上気させて軽く頭を下げた。

「どうも、おはようございます」

読書リーマンは、カウンター席に二人も腰掛けているのを見て少し戸惑っていたけれど、自身も公園側に一番近い席に腰掛けた。晴子さんの後ろ姿しか見えない場所だけれど、いいのだろうか。

「今日はどちらの定食にしますか？」

「目玉焼き定食を。それと、これ、あんたに」

読書リーマンが真顔で差し出してきたのは、カバーのかかった文庫本だ。

「へ⁉」おずおずと受け取って、思わず彼の顔を見つめてしまう。

何ですか、このいきなりの常連さんっぽい振る舞い。

「中身、確かめてみれば？」

「はあ」言われるままに表紙を捲《めく》ってみると、おかしな四文字が目に飛び込んできた。

「妖怪事典、ですか？」

「好きなんだろ、妖怪」

ようやく、からかわれたのだと気がつく。昨日、私がおじさんの業界新聞を妖怪新聞と聞き間違えたことを皮肉ったのだ。それにしても、わざわざ妖怪事典なんて本を買ってくるなんて、この人は暇なんだろうか。小学校の時、隣の席でしょっちゅう小さないじわるを繰り返してきた男子のことを思い出す。あの子も、いつもこんな顔で私をニヤニヤ見つめていたっけ。

よろしい。そっちがそういうつもりなら、こっちにも考えがあるんだから。

「晴子さんと一緒に読みます。ありがとうございます」

にっこり笑いかけると、狙い通りに、読書リーマンがやや動揺していた。ダメ押しで、聞こえよがしに晴子さんに告げ口する。

「晴子さん、こちらのお客様から素敵なプレゼントいただいちゃいました。あとで一緒に読みましょう」

「バカ、止めろ」

読書リーマンが真っ赤になっているけれど、もう遅い。晴子さんが少し驚いたあとで、凜《りん》と微笑んだ。

「ありがとうございます。楽しみに拝読します」

「いえ、これはその、あなたじゃなくてこっちの人にあげたものだから」

なぜか晴子さんが、得心したように頷く。

「そうでしたか」

やったじゃない、深幸さん。

そんな心の声まで聞こえてきたのは気のせいだろうか。勘違いしている。完全に勘違いしている。読書リーマンも焦ったようだけれど、これ以上言い募っても墓穴を掘るだけだと観念したらしい。今日も黙って文庫本に目を通し始めた。

ふいに茜ちゃんと目が合うと、にやにやと笑っていた。こちらは状況を把握しているほうの笑みだった。首を振ってみせると堪《こら》えきれなくなったのか、ぷっと吹き出している。その笑い顔があんまり可愛くて、思わずぽかんと見とれてしまった。もっとも茜ちゃんは我に返ったのか、すぐに顰《しか》め面《つら》に戻ってしまったけれど。

コミュニケーションの小さなさざ波は、常連さん同士にまで広がったようだ。おじさんが、突然、茜ちゃんに話し掛けた。

「へえ、あんた、笑えるのか。毎朝、仏頂面して座ってるからさ、今どき流行《はやり》の不登校児とかそういうのだと思ってたよ」

「うわ、おじさん、すごい偏見。にこにこしてる不登校の人だっているかもしれないじゃん」

茜ちゃんの答えに、おじさんがしゃがれた声で笑った。

「いやあ、良かった、良かった。おじさん、実はちょっと心配だったんだよな」

そ、そうだったんだ。

新聞ばかり見つめていると思ったら、おじさんは意外と、人のことを見ていたらしい。

ここで読書リーマンまで会話に参加しだしたのだから驚きだった。

「僕は、仏頂面の不登校児でしたけどね。学校の授業が簡単すぎて、行く気がしなかった」

「うわ、なんか、イメージにぴったりの学生時代ですね」

思わず返事をする。おじさんがさらに大きな声で笑った。

会話と、笑い声が食堂に満ちていて、いきなりの展開に動悸さえしてくる。

やがておじさんと読書リーマンにも定食が行き渡った頃、今日、私が一番待っていたお客様が姿を現した。前川さんだった。

「おはようございます」

さすがに声がこわばる。茜ちゃんが前川さんに気がついて「おはよ」と手を挙げた。

「おはようございます」

晴子さんも声を掛ける。彼女の美貌に圧倒されたのか、前川さんが口をだらしなく開けたあと、慌ててテーブル席へと腰掛けた。前川さんのああいう表情を見ると、正直まだ、耳の中が不快に疼《うず》いてしまう。

明るい朝の日差しの中で見る前川さんは、少し緊張して見えた。昨日いろいろな事情を聞いてしまったせいか、最初に見た時よりもさらに日々の生活に摩耗して見える。

そう言えば前川さんって、もう長い間、一人ぼっちで朝ごはんを食べてるんだよね。うん、もしかして食べてさえいないかもしれない。

水を注いで差し出すと、メニューの説明をした。

「それより、例のものを」

小声で前川さんが呟く。

「あ、そうですよね。すみません」

厨房に置いてあるバッグの中から例の名刺入れを取り出してきて、前川さんに差し出した。

「あの、プリクラだけじゃなくて、パスモの分のお金も入ってますから」

「──そうか」さっと中のプリクラを確かめると、前川さんは、もう腰を浮かしかけた。

思わず声を掛ける。

「あの、せっかくだから、食べていきませんか？　お詫びも、したいですし。すっごく美味しいんです」

「しかし——」

「ほんとに美味いですよ、ここ」

前川さんとあまり歳《とし》の違わないと思われるおじさんが、カウンターから振り返って勧めた。前川さんはそれでもためらっていたけれど、結局、椅子に座り直してくれた。

「じゃあ、焼き魚定食を」

「ありがとうございます」

張り切って晴子さんにオーダーを入れる。定食を食べ終わった茜ちゃんが、声を掛けてきた。

「ねえ、近くのコーヒー屋でカフェラテを買ってきてここで飲んでいってもいい？　来週からはここのコーヒーを飲むからさ」

「あ、構いませんよ」

晴子さんが厨房から答える。

「え、ここ、コーヒーを出すようになるんですか⁉」

読書リーマンが驚いたように本から顔を上げた。

「ええ、来週から。そこにいる深幸さんが意見をくれて」

「役に立つこともあるのか」

読書リーマンが、憎まれ口をぶつけてくる。

「あ、女子高校生、俺の分のコーヒーも頼むわ」

おじさんが言えば、読書リーマンも「僕も」と便乗しだした。とうとう、今いる全員分を買ってくるはめになった茜ちゃんは、少しむくれ面をしながらも出かけていったのだった。

この食堂で、こんな交流がはじまるなんて。何だか夢の光景を見ているみたいだった。だって、つい二日前まで、ここは毎朝お葬式みたいな陰気な食堂だったのだ。晴子さんの旦那さんが目指していたみんなが笑顔になる食堂とまではいかないけれど、少しは近づいているんじゃないだろうか。

十分ほどで茜ちゃんがコーヒーを運んで帰ってくると、みんな嬉しそうに琥珀色《こはくいろ》の液体を啜《すす》りはじめた。

「ああ、うめえ。やっぱり朝はコーヒーがないとな」

おじさんが餌を食べたあとの猫みたいに目を細める。そんなに飲みたかったのか。

「すみません、今まで至ってなくて。ほかにもご要望があったら、色々と教えてください」

晴子さんが恐縮して頭を下げている。

「あ、いや、別に不満ってことじゃなかったんだけども。ただなあ、魚はやっぱり炭で焼いたほうが美味えな」

「炭火焼き、ですか？」

「聞いただけで美味しそう！　バーベキューみたいな感じでしょう？」

茜ちゃんの声に、おじさんが苦笑しながら答える。

「まあ、そうだな。業務用の炭火焼きコンロかそれ専用のスペースみたいなものが必要になってしまうけど、全然風味が違う」

「なるほど。炭火焼き用のコンロですね」

晴子さんの脳内で、忙《せわ》しく炭火焼き職人への修業計画が動き出したのがわかった。

「具体的には、どういう風に味が変わるんでしょう」

おじさんが、あごを指でさすりはじめる。

「そうだなあ。まず外はカリっと、中はふわっと仕上がるだろう。干さないただの塩焼きでも十分に魚本来の旨味が凝縮されるし、その旨味がこうぐぐっと引き出されて舌に乗るもんだから、ああ俺、魚食ってるぜえって感じになるわな」

「美味しそう」

炭のはぜるパチパチとした音とともに、婆ちゃんが作ってくれた鮎《あゆ》の塩焼きの風味が思い出されて、思わず唾がわいてくる。

そこへ、おずおずと割り込んでくる声があった。

「あの、一見《いちげん》のくせに生意気を言うようですが、そちらの方の言う通りだと思います。これ、炭火で焼いたほうが絶対にもっと美味しいですよ。鉄串を刺して中からも温めて、こう魚の脂がしたたるような感じで炙《あぶ》ったら最高です」

「何だか、朝から日本酒が欲しくなりますね」

読書リーマンが合いの手を入れる。

「はあ、新橋にそういう店がありまして」

「店があるんですか」

晴子さんの目が輝いたまま、こちらに向けられる。行こうと誘っているのだ。

「ちょっと私たちで行ってみるので、お店の名前を教えてくれませんか」

前川さんはビジネスバッグから紙のカードを一枚取り出すと、こちらに手渡してくれた。お店は『炭火焼き　三村《みむら》』というらしい。駅からの地図も簡単に記してある。

「ありがとうございます」

頭を下げると「炭火焼きになったら、また来るよ」と言いながら、前川さんは席を立とうとした。代金を払われそうになって、慌てて拒否する。

「今日は、お詫びとお礼なので。その代わり、また来てください」

ちょっと耳の奥がまだ疼くけれど、彼のパスモで私は命を救われた。それに、一人で朝ごはんを食べるより、この食堂で食べたほうが美味しいに決まってる。もちろん、そんなことは口に出来なかったけれど。

前川さんは気弱な笑みを浮かべると、朝日の中へ踏み出して行った。

慌てて、茜ちゃんに勧められた言葉を口にする。

「いってらっしゃい！」

晴子さんとステレオで響いた声に、前川さんは照れくさそうに振り返ると、「いってきます」と応えたのだった。

「炭火焼きの魚か。深幸さん、今日いっしょに行ってみない？」

「ええ、もちろんです」

そこへ、茜ちゃんが懸念の滲む声を出した。

「でもさ、炭火焼き用のコンロとか、改装するんでしょう？　結構お金がかかるんじゃない？　このお客の少ない店にそんな資金あるわけ？」

「なるほど、資金か――」

ただでさえお客が少ない上に私なんかを雇っているから、この食堂はきっと赤字だ。晴子さんも、はっと気がついたように表情を曇らせた。

「もし良かったら、俺がタダでつくってやろうか？　こう見えても、工務店のもんだ。タダの代わりに、仕事の合間に作業を進める感じになっちまうけど。まあ、それでも一週間もあればできるぞ」

「え、おじさん、プロなの⁉　晴子さん、やったじゃん」

　茜ちゃんがはしゃいだ声を出した。しかし晴子さんの返事は慎重なものだった。

「そんな。もし炭火焼きをやることになったら、きちんとお支払いしますから」

「いいんだよ、おせっかいは生まれつきだしな。それに、俺が美味い炭火焼きの魚を食いてえだけだし」

　おじさんが、照れたように頭を掻《か》くと、茜ちゃんに向き直った。

「それより女子高生、あんたそろそろ店を出ないと、遅刻するんじゃないのか？」

　茜ちゃんが、慌ててスマートフォンをチェックした。おじさんは、どうやらおせっかいというより、良く気のつく世話好きらしい。

「いっけない、私、今日は遅刻できない日だった。もう行くね。これ、お金ちょうど」

　小銭を私に押しつけたあと、茜ちゃんが店を飛び出していく。

「いってらっしゃい！」

「はーい、いってきます」

　こちらを振り返りながら、茜ちゃんの顔がくすぐったそうに緩んだのを私は確かに見た。読書リーマンも、おじさんも、私と晴子さんの「いってらっしゃい」に「いってきます」と返事をして、出かけていく。本当はお客様に力を分ける立場なのに、おはようの挨拶をした時みたいに、私のほうが力をもらっているような気持ちになるのはどうしてだろう。

朝の光が、こんなにも澄んで見える。公園の木々が、歌っているように見える。あんなに怯えていた新しい朝が、祝福に思える。

今日が、こんなにも晴れているから？

ふと晴子さんを見ると、公園の大池を目を細めて眺めていた。きっと私と同じような気持ちでいるんじゃないだろうか。

私が朝をこんな風に受け入れられるなんて、ちょっとした奇跡だった。これで世界が変わるわけじゃないけれど、私の世界はがらりと変わってしまった気がする。それは喜びのようでもあり、身を委ねてしまうのが少し恐ろしい変化でもあった。

そして、奇跡はそれだけで終わらなかった。

常連さん以外にも、新たなお客様が食堂の扉をくぐったのだ。それも、五人もだ。昨日の、孤独なチラシ配りの成果が出たのだと思うと感無量だった。

私と晴子さんは、何だか晴れがましい気持ちで午前中を終えた。晴子さんの目は陽《ひ》の光を受けて大池みたいにキラキラと輝いていたし、私も太陽を飲み込んだみたいに熱い気持ちになっていた。

今だったら、大池の周りを何周でもぐるぐると駆けっこできそうだった。

その夜、私たちはさっそく、新橋の『炭火焼き　三村』にいた。六時開店の直後に行ったのに、すでに私たちを含めて満席だ。私と晴子さん、それになぜか今日は晴子さんの夕食が食べられないと聞きつけた雅志さんも一緒なのだった。

「カウンター席からなら、厨房がよく見えるな」

「うん。ほんとに前川さんが言ってたみたいに、鉄串を通して炭火で炙るんだね」

晴子さんの目付きは、魚を刺す鉄串みたいに鋭い。

その店にはコンロの脇にもう一つ、炭火焼きのスペースがあり、煉瓦《れんが》で囲ってあった。備長炭を敷き詰めた上に網が掛けられ、職人さんが鉄串を貫いた魚を、炙り加減を見ながら上げたり下げたり、ひっくり返したりしている。フードがしっかりしているせいか間近でも煙は目に染みず、魚の旨味を乗せた炭の香りだけがふわふわと漂ってきた。

晴子さんの横顔が、厳しく引き締まっていくのがわかった。だけど、今までとは少し違うところがある。それは、朝からつづいている目の輝きだった。あまりにも熱心に職人の手元ばかりを見つめているものだから、お店の大将が声を掛けてきた。

「彼はもううちの店で十二年、魚を焼いてるんです。絶品ですよ、楽しみにしててください」

「――全種類」

晴子さんが熱に浮かされたように呟く。

「焼き魚、全種類出してください」

呆気《あっけ》にとられていた大将が、やがて吹き出した。

「なあんだ、あんた同業者か。おかしいと思ったんだよな、こんな美人がうちのカウンターに来るなんてさ」

「ちょっと大将、それ、私たちに対する冒瀆《ぼうとく》よお」

少し離れた席に腰掛けているOLとおぼしき常連さんが、口を尖《とが》らせ、大将がいけねぇとおでこに手をやる。

「全品出すから、じっくり食べてみなよ。うちのは美味いぞ。なにせ、師匠のお墨付きだからな」

「出た出た、大将の夢物語」

カウンターの他の場所から茶々が入る。なにしろ明るい店らしい。大将の人柄か、温かさにも満ちていた。

「誰か高名な方に弟子入りされてたんですか」

今すぐその人のもとへ馳せ参じたいというような口調で、晴子さんが尋ねる。

「いや、弟子入りって程じゃないんだけど。まあ名前は伏せるけど、全国から意見を求めに名だたるシェフが通う食通がいてさ。現代の魯山人《ろさんじん》ってとこかな。その人に、まあまあだなって認められたのがうちの焼き魚なのさ」

「あはは。まあまあじゃ、ダメじゃないよ」

「ばっかやろう、あの御方《おかた》のまあまあはな、ただのまあまあじゃないんだよ。ミシュランの三つ星とおんなじことなんだからな」

どっと笑いが起きて、大将がむくれてみせる。けれど、どの人も笑顔で焼き魚を幸せそうにいただいていた。晴子さんが眩《まぶ》しそうにその店内を見回している。

こういう店にしたいんですよね、晴子さん。

それから、私と晴子さん、それに雅志さんは、怒濤《どとう》の勢いで出される焼き魚を次から次へと平らげた。普通なら、焼き魚なんてもう見たくないと思うような量だった。それでも、私たちは、すべての種類を余すところなく食べ尽くした。どれもこれも、絶品だった。ぱりっと焼けた皮の先で、身がほろりとお豆腐のように崩れた鰊《にしん》、ぷりんとした分厚い身が口の中でじゅわあっと旨味を広げる銀鱈《だら》、シンプルに見えて幾重にも旨味が迫ってくる鯵の干物――。

海そのものの豊かさをいただいているような、贅沢な時間だった。自然と顔が笑っていた。真面目な顔をして食べるなんて無理だった。

「参りました。ご馳走さまでした」

晴子さんが、最後にこう言って頭を下げたのも頷ける。

大将に、「またいつでも来なよ」と言われた晴子さんが、これから毎晩通う気であることを、私は彼女の背中から何となく感じ取っていた。

それから一週間というもの、晴子さんは一日と空けずに三村に通いつづけた。ある夜、いつもより炭火焼きの匂いを発散させながら帰ってきたので驚いて尋ねると、なんとついに厨房に立たせてもらい、修業を始めたのだという。

「裏口で待ちぶせて、弟子にしてくださいってお願いしたんだ」

頭を下げる晴子さんに、最初は面喰らっていた大将も、とうとう根負けしたらしい。自分も若い頃、そうやって料理長に頭を下げたことがあるからと、厨房入りを許してくれたそうだ。

その間、ハレのヒ食堂では、例のおじさん——川崎《かわさき》さんが厨房の大改造に着手し、一週間後には約束通りに手作りの炭火焼き空間がコンロの隣に出来上がった。

炭火焼きの魚は、まだ修業中の段階だから、お客様におまけ的に供されることになった。晴子さんとしては、まだまだ満足のいかない出来らしいけれど、お客様からの評判は上々だ。朝は魚を食べない茜ちゃんにも、無理矢理、焼き魚定食を食べてもらった。ダメ元だったのに、「へえ、悪くないじゃん」と褒めてくれたのには驚いたし、嬉しかった。そうして遂に、アラン会長からも、「悪くない」と今までの中では最上級の評価をもらったのだった。茜ちゃんとまったく同じ反応に、何だかおかしくなって笑ってしまって、会長は気味悪そうに眉を顰《ひそ》めていた。

いつもは厳しい会長のコメントに、晴子さんも口元が緩んでいた。

地味につづけているチラシ配りのお陰か、お客様の数は徐々に増えていって、時には席がすべて埋まることもあった。新しく常連さんになってくれた人もいる。まだまだ三村みたいに活気のあるお店とは言えないけれど、それでも「美味しかったよ」と笑ってくれる人もいた。

晴子さんは日々、目を輝かせて生活していた。自分で気づいているのだろうか。出会った頃とは別人みたいに潑剌《はつらつ》としていて、晴子さんそのものが朝日みたいだ。

ぴいちゃんは、ふわふわのひよこから、ちょっと目付きの鋭いメロン大の雛鶏《ひなどり》へと成長していた。それでも、名前を呼ぶと付いてくるのは相変わらずで、私たち二人と雅志さんの癒やしだった。

このまま、食堂は勢いに乗って生まれ変わるのだと思った。私の胸の中は、今までついぞ感じたことのなかった夢と希望とやらであふれかえっていた。

そうやって眩《まばゆ》いものばかり見つめていたせいで、残光に目がやられていたのかもしれない。私は、いきいきとした晴子さんの胸の中に巣くっている虚《うつ》ろのことを見抜けなかった。毎日が満ち足りていけばいくほど、その虚ろは大きくなっていたのだろうと思う。

晴子さんが、ぼんやりとした不吉な眼差《まなざ》しで畑に佇んでいたのは、私が間抜けに明日のことを考えてにまにまと笑っていた、ある夕方のことだった。

空は黄金色に染まっていた。梅雨に入りかけていた日々の中で、春からの最後の贈り物のような爽やかな風の吹く夕べだった。木々は風とともに歌い、ぴぃちゃんは大分鋭くなった爪先で元気よく地面を蹴りながら、畑の周りを自由に歩き回っていた。

晴子さんただ一人が、自らの存在を呪うようにこぢんまりと体を畳んでしゃがみこんでいた。視線の先にあるのは、そよそよと気持ちよさげに揺れる新じゃがの葉っぱの群れだ。

「晴子さん？」

声を掛けると、薄い肩がぴくりと反応した。

「具合でも悪いんですか」

弱々しく首を振る晴子さんの目は、真っ赤だった。夕焼けをそのまま映しとっているみたいに。

もしかして、来てはいけないところに来てしまったんだろうか。コーヒーマシンの準備が整って、コーヒー豆をどれにしようか声を掛けに来たのだけれど、もちろん今じゃなくたっていい。あとで来ますと言いさして、黙った。晴子さんがぽつりとこぼしたのだ。

「今日の夜ごはんのこと、忘れてたの」

「夜ごはん⁉」

そんなことで、こんなに悲愴《ひそう》な顔をしていたのか。

「全然構わないですよ。下手ですけど、私が今からつくってもいいし。疲れてるんですよね。ずっとお魚を焼く修業で大変だったし。すみません、何から何まで――」

「違う！　そうじゃない。夫の分を忘れてたの。彼の存在が頭からすっぽり抜けて、雅志と深幸さんと私の、三人分の材料しか用意してなかった」

晴子さんの声は、とても狭い場所であがいていた。

ぴいちゃんが声の調子に驚いたのか、晴子さんのもとへと駆け寄ってくる。晴子さんが手の平を差し出したけれど、もう片手には余る大きさだ。三ヶ月目には声変わりもはじまるという。

変わっていくんだと思った。

時間は止まっていない。晴子さんも、ぴいちゃんも、この夕空も、みんな止まらずに変わっていく。それはすごく切ないことかもしれないけれど、失われていくものもあるかもしれないけれど、でもぴいちゃんには今の可愛さがあるし、穏やかな金色から燃えるような激しい色に染まった空は夢のような美しさだし、そんな中で、ある日、晴子さんが旦那さんの夕ごはんを忘れるのは、罪だとは思えなかった。

私には、今目の前でもがいている晴子さんの姿も、刻々と移り変わる夕空と同じように愛《いと》おしくて美しく思える。多分、そんな風に感じるのは不謹慎なことで、晴子さんに伝えることはできないけれど。

「私、深幸さんが家に来てくれて、食堂のことも色々意見をくれて、本当にあの場所を変えていくことが楽しかった。お客様とあんなに仲良くなれるなんて思ってもいなかったし。特に最近は、三村の大将の真似《まね》をして、どうやったらお客様が美味しくお魚を食べてくれるだろうって想像してると、本当にわくわくしてきて――」

何も言えなくて、そっと晴子さんの隣に寄り添ってしゃがむ。

「夫のために償いのつもりで始めた食堂だったのに、あの厨房に立っている間も、ときどき彼のことを忘れるようになってて、そのことに気がつかないふりをしてた」

しばらく二人で黙っていた。ぴいちゃんまでもが、ぴたりと鳴きやんでいた。

目の前で、新じゃがの葉が揺れつづけている。

突然、晴子さんが言った。

「さっきね、蚊にさされたの」

「蚊、ですか⁉」

「うん」

晴子さんは顔を顰めて頷くと、手の甲をさすった。

「蚊に血を吸われるとすごく痒《かゆ》い。私は、生きてるから。お腹が空いたあと、夕ごはんを食べると、すごく美味しい。私は、生きてるから。ずっと一緒に生きてるつもりだったのに、私だけ、生きてて、もう彼はいないんだよね」

ぴいちゃんが鳴く。きっと何か言ってあげたいんだと思った。晴子さんは俯いたまま、手の甲を強く掻いている。まるで、痒くなっちゃいけないんだと言い聞かせるみたいに。

そんな人にかけてあげられる言葉なんて、私は持っているのだろうか。

途方に暮れて、空を見上げる。ふと、思い出した光景があった。

婆ちゃんが亡くなったと連絡があった時、胸が痛くて痛くて、どうにかなってしまいそうだった。あの時も、こんな風に空がきれいだった。いつもより、ずっと貴いものに見えて、胸の中に優しく染みこんできた。婆ちゃんのしわくちゃの笑顔みたいに。

でも、晴子さんは多分、今日の夕空をまだ見上げていない。

「晴子さん。あの、上を見てください。今日の空、すごくきれいです」

こちらにぼんやりと視線を向けたあと、晴子さんはゆっくりと視線を上げた。

「――ほんとだ、きれいだねえ」

空は、燃える赤からうっすらとした桃色へと移り変わり、東のほうからスミレ色に染まりはじめていた。綿雲がゆっくりと頭上を移動し、金星なのか、木星なのか、太陽系の惑星がチカチカと瞬きだしている。

「どんなに強い色も、薄れていくんだねえ。私だけ、生きてるんだねえ」

晴子さんの声は、震えていた。だから、私は答えた。

「生きてるのは、晴子さんだけじゃないです。ぴいちゃんも、雅志さんも、私も、食堂のお客さんたちも、みんな、こんなに生きてます。晴子さんだけじゃ、ないです」

晴子さんは、しばらく黙って空を見つめていたけれど、最後に私の手元を見て、くすりと赤い目で笑った。

「うん、深幸さんも生きてる。指のとこ、痒いでしょう」

気がつくと、私も左手の小指を刺されていて、無意識に掻いていたのだ。

その夜、私と晴子さんは、薬箱の奥からマキロンを取り出して、二人で痒い痒いと嘆きながら手や指に塗った。

染みる指先を見つめながら、私は、さっきまで見ていた空の景色を一生忘れたくないと思った。

でも、今日の空だけだろうか。

本当は昨日の空も、一昨日の空も、今はもう忘れてしまった何気ない日の空も、今日のように美しかったのかもしれない。私はいつも俯き加減で歩いていて、そのことに気がついていなかっただけなのかもしれない。

その考えが頭をよぎったとき、私の胸の奥で小さな稲妻のようなものが走り、ハレのヒ食堂に込められたあるまっすぐな想《おも》いが、くっきりと照らし出された気がした。

# 4. ハレの日、白ごはん。

気の滅入るような梅雨空が広がっている。へばりつく湿気のせいか、食堂に入ってくるお客様たちも、どこかすっきりとしない表情を浮かべていた。

「こうじめじめしてちゃ、作業も進まないしさ。商売あがったりだよ。毎年のことだけどな」

嘆いているのは、いつものように業界新聞を広げている川崎さんだ。

「ねえ、川崎さん、カフェラテ奢《おご》ってよ」

茜ちゃんが逞《たくま》しく催促すると、世話好きらしくまんざらでもない様子でおうおうと頷《うなず》いた。

「じゃあ深幸ちゃん、コーヒーとカフェラテ、俺につけてくれよ」

「はい、ただいま」

一杯百円のカフェラテ代だけれど、そういえば茜ちゃんが支払ったのを見たことがない。

今ではほぼ毎日顔を出すようになった前川さんが、うっとりとした顔で呻《うめ》いた。

「今日の鯖《さば》、最高に美味《おい》しいねえ」

言いながらまた、脂の乗った大ぶりの鯖の身をほろりと崩して、白米といっしょに口の中に放り込んでいる。

梅雨の時期は魚を天日干しできる日が少ないため、晴子さんは築地《つきじ》直送の魚屋さんから仕入れた鮮魚を、炭火で焼いて出しているのだった。

「うわ、朝から魚なんてよく食べられるよね。まあ、味は悪くないけどさ」

茜ちゃんがカフェラテを飲みながら、背中をぶるりと震わせる。

読書リーマンが、ふんと鼻を鳴らした。

「魚を食べないと、美容にも受験にも良くないよ」

「え、うそ、ほんと⁉」

今朝も、常連さんたちが、こんな風に何気ない会話を交わしているのが嬉《うれ》しい。朝食を終えたお客様たちは、どこか清々《すがすが》しさを取り戻していて、曇天でも、この食堂の中はまあまあ明るいのだった。

口コミサイトに好意的なレビューが載りはじめ、わざわざこの食堂の朝ごはんを目当てに食べにくる人たちも、少しだけれど増えている。その分、鈍くさい私のミスも、徐々に増え始めているのだけれど——。

緊張しながらも配膳をしていると、テーブル席のお客様からクレームが入った。

「ちょっと、私が頼んだのは目玉焼き定食なんだけど」

「あ、すみません」

慌てて駆け寄り、正しいテーブルへと運び直す。

額の汗をハンカチで拭うと、公園側の入り口からどんどんと扉を激しく叩《たた》く音がした。

「なんだ、物騒な音だな」

川崎さんが新聞を置いて立ち上がろうとする。

「あ、いいです。私が見てきますから」

扉へと近づきながら、窓の外を確認する。その間も、激しく扉が叩かれるのに、外にはどんな人影も見えなかった。

小さな子供がいたずらでもしているのかな。

しかし、首を傾《かし》げながら扉を開けると、そこには意外な人物がしゃがみ込んでいた。

「ヨシさん」

思わず声がひっくり返る。ヨシさんは、いつもの気弱そうな顔を歪《ゆが》めて、こっちを見上げていた。

「そんなところで、一体どうしたんですか？」

——俺たちみたいなのが、店の周りをうろついたら迷惑だから。

そんな風に言って、営業時間内には決して姿を見せることがない。晴子さんのことも眩《まぶ》しすぎるからと言って、遠巻きに見ているだけなのに。

「ちょっと、来てくれよう。アラン会長が大変なんだ」

「何かあったんですか⁉」

ヨシさんの表情が、ただならぬ事態を物語っていた。私は慌てて晴子さんに声を掛けると、食堂を飛び出した。

大池を囲む小径《こみち》は、連日の雨のせいでぬかるんでいた。水を吸って野放図に伸びる植物たちの青くさい匂いがあたりに立ちこめている。

先を急ぐヨシさんの背中に声を掛けた。

「会長、どうしたんですか」

「倒れた、いきなり倒れちまったんだよう」

「ええ⁉　それじゃ、救急車とか呼ばないと」

慌ててエプロンのポケットからスマホを取り出すと、ヨシさんが振り向きざまに取り上げた。

「何するんです⁉」

「駄目だよ、深幸ちゃん。そんなことしたらアラン会長に殺されちまう」

会長の猛禽類《もうきんるい》に似た鋭い眼光を思い出して、背中がぞくりとした。

「もしかして、病院は駄目だって言ってるんですか？」

「あの人、大の公共機関嫌いだから。税金も納めてねえだろうし、第一、医療費だって払えねえはずだし」

「そんな、それじゃ、倒れたままどうするんですか」

目印の木の場所から、いっそう旺盛に生い茂っている雑草を掻《か》き分けて、アラン会長のもとへと急ぐ。

「会長！　アラン会長、大丈夫ですか」

声を掛けながら雑草林を抜けると、そこには不機嫌な表情のアラン会長がいて、いつものように椅子に腰掛け、湯飲みのお茶を啜《すす》っていた。てっきり地面に伏していると思っていたのに、拍子抜けしてしまう。

「なんだ騒々しい。相変わらず簡単に描けそうな顔しやがって」

「なんだって言われても、会長が倒れたっていうから――」

我ながら力の抜けた声が出た。

しかし、一見いつもと変わらないようでも、よく見ると日焼けしているはずの皮膚が、何だか青白い。

「アラン会長、起き上がって平気なのかよう」

ヨシさんが駆け寄って、端のほころびた団扇《うちわ》で会長を扇《あお》ぎはじめた。

「平気だよ。まさかおまえ、俺の演技を真に受けて人を呼びに行ったんじゃないだろうな」

「演技って、なんだよ。俺はてっきり、会長が死んじまうんじゃないかと――」

ヨシさんが情けない声を出してしゃがみ込む。

大きく鼻から息を吐いたあと、会長は湯飲みを置いてこちらに視線を向けた。

「そういうわけで、こいつが俺のイタズラを勘違いしただけだ。この膳を持ってとっとと帰れ」

——演技なんて嘘《うそ》だ。会長は本当に具合が悪くなって倒れたに決まっている。いくら人の好《よ》さそうなヨシさんだって、人が本気で倒れたかどうかくらい判断がつくと思う。それに会長の額には脂汗が浮いているし、湯飲みを持つ手元だって微《かす》かに震えている。

「じろじろ見るんじゃねえよ。お前みたいな小娘に色目使われたって何とも思わねえから。あと白米な、相変わらず全然駄目だ。他がましになった分、まずさが際だってきてるって晴子にも伝えとけ」

言いたいことだけ言うと、会長はお膳をこちらにずいっと押してよこした。ヨシさんが恐縮したように、そのお膳を持ち上げて手渡してくる。

「ごめんよ、ちょっと様子を見てまた報告しに行くから」

その場は、取りあえず頷いて帰るしかなかった。

晴子さんや雅志さんにも相談しなくてはいけない。ただの風邪やなんかだったらいいけれど、会長の体に、何か大変なことが起きているかもしれないのだ。そして、あの会長を病院に連れていくのがいかに困難かは、ヨシさんに言われなくても何となく想像がつく。

一難去って、また一難。ハレのヒ食堂にピーカンの一日なんて、あるのだろうか。

ため息をつくと、私はお膳を持ったまま、雑草の茂みを抜けたのだった。

八王子の家へと戻り、夕飯の時間になると、雅志さんがやってきた。会長の話を聞いた晴子さんは沈み込んでいたから、彼の無邪気な声で、家の中がにわかに照らされた気がした。

「なんだ、もしかしてまた売り上げが落ちでもしたのか？」

雅志さんが夕飯のパスタを嬉しそうにフォークに巻きながら、うひゃひゃと笑う。

かぼちゃやセロリ、人参《にんじん》の微塵《みじん》切《ぎ》りと鶏《とり》の挽肉《ひきにく》をトマトソースで煮込んだパスタソースは、細めのパスタにこっくりと絡んでいる。ひとたび口に運び入れると、複雑な香味といっしょに幸せが満ちてきた。会長の健康問題で塞がっていた胸が、弾力を取り戻していくのがわかる。

「なんだよ晴子、食べないのか。すっごく美味《うま》いぞ、このパスタ」

「つくったの、私なんだけど」

雅志さんのとぼけた声に、さすがの晴子さんも少し口元を綻ばせて、ようやくパスタを食べはじめた。

「で、どうしたんだよ。二人とも、なんか様子がおかしいぞ」

晴子さんと短く視線を交わしたあと、私のほうが口を開いた。

「アラン会長、あんまり体の具合が良くないらしいんです。今朝、倒れたって」

それまで脳天気だった雅志さんの顔が、一気に険しくなった。私が駆けつけた時には、椅子に座って憎まれ口を叩いていたことを告げたけれど、唇は硬く引き結ばれたままだ。

「あの人の性格からして、しんどい時ほど口が悪くなるに決まってるからな。病院には行きたくないって感じだったろう?」

黙って頷くと、雅志さんが低く唸《うな》った。なんでも以前インフルエンザから肺炎を起こしかけた時も、頑として医者にかかろうとしなかったそうだ。

「でも、それじゃ自然治癒したんですか?」

「あの時は、奇跡的にな。でも今回は、倒れたんだろう?」

「アラン会長、大丈夫だよね」

晴子さんが憂い顔で問いかけた。

「──俺が、大丈夫にする。心配すんな」

その一言を口にした時の雅志さんの表情を見たとき、ようやく私は、気がついた。

そうか、雅志さんは、晴子さんのことが──。

もしかして私って、ものすごく鈍かったんじゃないだろうか。そして、ものすごくお邪魔だったんじゃないだろうか。軽く落ち込んでいると、雅志さんが呟《つぶや》いた。

「せめて、家族がいればなあ」

「家族、ですか――」

孤高の人といった感のあるアラン会長に、家族がいるなんて今まで考えたこともなかった。でも、会長だって誰かから産まれたんだし、誰かと結婚して子を生《な》したのかもしれない――。

そこまで考えた時、ふっとある考えが浮かんできた。頭の中で、公園の大池がきらきらと光を反射させているみたいだ。

私、閃《ひらめ》いて、しまったかもしれない。

もしかして会長とつながりのある人物がどこかに、いたとしたらどうだろう。その人物を私も知っているとしたら？

「あの、私に、会長と話をさせてください。ちょっと、やってみたいことがあるんです」

自信なんてない。でも、一か八か、何もやらないよりはマシだ。

晴子さんの笑顔も、会長の命も、守りたい。私なんかに出来ることがあるなら、何だってやってみせる。ただの勘違いかもしれないし、自分に何か出来るなんて思い上がりかもしれないけれど――。

「明日の朝、営業時間にちょっとお店を抜けます」

二人とも不思議そうな顔をして、何をするつもりかと尋ねてきた。けれど、思惑が的外れだったら、恥ずかしすぎるし、迷惑がかかる人も出る。すべてが判《わか》るまで任せてほしいと頭を下げると、二人ともようやく頷いてくれたのだった。

✹

翌日の朝、焼き魚定食ではなくお粥《かゆ》をアラン会長のもとへと運んだ。今日は、晴子さんもいっしょだった。

「何だ、二人して運ぶほど豪華な飯でも持ってきたのか」

会長は口元を歪めたけれど、お粥に目をとめると無言で差し戻してきた。

「いくらまずいか知らないけど、意地張ってる場合じゃないよ。具合が悪いんでしょう。何か食べないと」

「知ってるか、毎日の粥は早死にのもとって言うんだ。お前ら、俺を緩慢に殺す気か」

さすがにカチンと来て、つい強い口調で返した。

「駄目です。まずかろうが、何だろうが、召し上がっていただきます」

震える膝頭を律して、テーブルの前に仁王立ちになる。

「おい晴子、ハレのヒ食堂じゃ、給仕がこんな接客してんのか」

「会長は客じゃないです。病人です。文句を言わないで食べなさい」

晴子さんもいつになく、譲らない構えだ。

女二人に見下ろされて、会長は疲れたように息を吐いた。

今日もさっきまで小雨がぱらついていて、草木に囲まれた会長の住居には、張り付くような湿気がこもっている。蚊取り線香の懐かしい匂いが辺りに立ちこめ、パタパタとはためく青いビニールシートの屋根の下で、会長はじっと蹲《うずくま》る手負いの獣みたいに見えた。

いくらカチンと来たからって、普段なら会長に対してこんな風に強い態度に出ることはできない。それだけ、会長の迫力が弱まっているのだと思うと、胃の辺りが嫌な感じに疼《うず》いた。

「二人とも辛気くさい顔で人を見るな。碗《わん》はそのままでいいから、とにかく目の前から消えてくれ」

「でも――」

ぎろり、と鋭い眼光を向けられて、それ以上は居座ることができなかった。茂みを抜けて大池の散策路に戻ると、ヨシさんが小さな声で呼びかけてくる。

「深幸ちゃん、晴子さん、おうい」

「ヨシさん。どうしたんですか。そんなところにしゃがみ込んで」

晴子さんが驚いて駆け寄る。私も後につづいた。

「――いや、会長の体調のこと、一言伝えておかなくちゃと思ってさ。あの人に見つかると怒られちまうから」

ヨシさんの表情を見れば、つづきは聞かなくてもわかった。相当に具合が悪いのだ。

「夜も発作みたいなのが起こってさ。どこから手に入れたのか、薬を飲んで落ち着いたみたいだ。でも、あんなこと初めてだからさあ。やっぱりなるべく早く病院に連れてってやりたいんだよ。俺らが言ったって聞きやしないから――」

「はい、私たちも、色々と考えていますので。なるべく急ぎます」

ほっとしたように頷いたあとで、ヨシさんがこちらに視線を向けた。

「ところで深幸ちゃんさ、何か公園の外でやらかしたか？」

「へ⁉　私、ですか」

いつの時点からのことを問われているのだろう。やらかしたと言えばやらかしてばかりの人生だけれど、改めてヨシさんに問われるほどのことと言うと、記憶にない。

「なんか、おかしな男が深幸ちゃんのことを探し回ってるみたいだ。人相もあんまり良くねえ。サラリーマン風だったけど、ちょっとこう擦れた感じで」

そこまで聞いてピンと来た。おそらく、前川さんのことだ。

「あ、その人のことなら、もう解決してるんで大丈夫です。食堂のお客さんですし」

「なんだ、そうなのか？　それなら良かった。俺はてっきり、深幸ちゃんがベンチで寝る羽目になった原因があの男なんじゃねえかと気を揉《も》んじまって」

微笑《ほほえ》むヨシさんの前歯は一本欠けていた。ヨシさんだって多分、色んな事情を抱えている。それでも会長を心配し、私の身を案じてこんな風に笑えるヨシさんは、私の癒やしだ。

そう言えば、ベンチで眠りながらヨシさんとダンさんの話す猫まんまの噂《うわさ》を聞きつけたのが、食堂との出会いにつながったんだっけ――。

ヨシさんに別れを告げ、子供が捏《こ》ねたような泥んこの小径を歩いて戻りながら、自分がネットカフェを出てから歩んできた、細く危うい道のことを思った。

今ここにいるのは、多分、奇跡なんだ。

そう思うと、さっきまでの雨を受けて項垂《うなだ》れている木々の葉は、緑の鮮やかさを増しているのがわかる。曇天は雨という恵みをもたらす壮大な天の仕掛けに思える。ときどき何かが跳ね波紋を広げている大池も、いつもよりもしっとりとした美しさを湛えているように見えた。

この世界の中に、晴子さんや雅志さん、それにアラン会長はなんとしても必要な人だ。ヨシさんだって、優しく微笑んでいなければならない。

私は、私をこの場所へと導いてくれた人達を守りたかった。

そのためにも、彼女をうまく説得しなくては――説得、できるのだろうか。

その彼女とは、茜ちゃんだった。

「あの、茜ちゃん。ちょっと待って！」

いつものようにゆっくりと奢りのカフェラテを飲んだあとで茜ちゃんが食堂を出ていく。

私は晴子さんに目配せすると、そのあとを追った。

「茜ちゃん!」

「あれ、深幸さん、どうしたの? 私もしかして、カウンターに何か忘れた?」

慌ててバッグの中をまさぐる茜ちゃんに、首を振ってみせる。

「いや、そうじゃなくて。ええとあの、ちょっと歩きながら話せないかな」

「いいけど、どうしたの?」

茜ちゃんが、再び歩きはじめた。

——この横顔だ。昨日、ふと閃いたのだ。茜ちゃんの横顔は、アラン会長とよく似ている。顔の造りだけじゃない。味の好みや晴子さんの料理に対する反応、それに何気ない皮肉の効いた受け答えまで。これは、キャラが被《かぶ》っているという域を超えていないだろうか。

それに茜ちゃんのお祖父ちゃんは、妻子を捨てて出ていったはずだ。

もしも、その出ていったお祖父ちゃんが、アラン会長だとしたら?

「あのさ、茜ちゃんのお祖父ちゃんって、出ていったんだよね」

「うん、私が生まれるずっと前って聞いてるけど——」

「そのお祖父ちゃんのことって、何か知らない?」

「なんで突然!?」

けらけらと無邪気に笑ったあとで、茜ちゃんは首を振った。

「ぜえんぜん」

公園の入り口を出ると、茜ちゃんは右手に折れた。同じ制服の高校生男女たちが、ちらほらと通りを歩いている。

ごくりと唾を飲み込んで、私は勝負に出た。

「あのさ、もし、もしもだよ。茜ちゃんのお祖父ちゃんの行方がわかったら、会いたいと思う？」

茜ちゃんは少し歩調を緩めて、考えながら答えた。

「どうだろうなあ。なんか、私にとってお祖父ちゃんって、お祖母ちゃんが時々語る昔話の中に出てくる人なんだよねえ。身内っていうよりは、赤の他人に近いというか。でもまあ、近所にいるなら、会ってもいいかな」

「ほ、ほんと⁉」

「うん。でもそんなことあり得ないって――」

私の態度が、よほど切羽詰まっているのだと思う。茜ちゃんが、立ち止まってこちらをまじまじと見つめた。

「嘘、まさか、近所にいるの？」

ずばり聞かれると、確証がない分、少し弱腰になってしまう。

「いや、いるっていうか、それを会って確かめてほしいっていうか」

「なによそれ。とにかく、もっと詳しく聞かせてよ」

ぐいっと私の腕を取ると、茜ちゃんは街路樹脇のベンチに私を座らせた。

「え、でも、これから学校――」

「いいから話してって」

すぐ隣に腰掛けた茜ちゃんに向かって、私はアラン会長のことを洗いざらい話すことになったのだった。

一通りの話を聞き終えると、茜ちゃんは悲壮感の欠片《かけら》もない表情で立ち上がった。

「ふうん、じゃあ、そのアラン会長が私のお祖父ちゃんかもしれなくて、その根拠は何となく私に顔が似てるっぽいからで、しかも会長は重い病気かもしれないんだ。なんか、いい加減すぎじゃないの？」

「そう、ですよね」

昨日の夜は自分の閃きに盛り上がってしまったけれど、改めて冷静に指摘されると、かなり乱暴な話には違いない。肩を落とすと、茜ちゃんがにやりと笑った。

「でも、まあ、やっぱり面白そうだからいいよ。その人に会うよ」

「いいの⁉」

「うん、退屈してたとこだし」

「じゃあ、晴子さんにも説明してみる」

ちょうど、食堂が終わる時間だ。私が茜ちゃんと話している間は一人で給仕もやると言っていたけれど、本当に大丈夫だっただろうか。

茜ちゃんを伴って食堂へと戻ると、晴子さんが目を丸くした。まさか二人で戻ってくるとは思っていなかったらしい。

私は、昨日の夜には話せなかった茜ちゃんとアラン会長の関係について、晴子さんにも相談してみた。

晴子さんは、しげしげと茜ちゃんを見たあとで、首を捻っている。

「言われてみれば似てるかもだけど、どうかなあ」

「——やっぱり晴子さんも、強引だと思いますか？」

がっかりしていると、茜ちゃんがあっけらかんと口を開いた。

「ま、私も深幸さんの推測はどうかと思うけど、いいんじゃない？　別に、会うだけならタダだし」

それでも晴子さんはしばらく悩んでいたけれど、やがて思い切ったように言った。

「そうだね。このまま何もしないよりは、何でもやってみようか」

「そうこなくっちゃ」

茜ちゃんがにやりと笑って、どうにか話はまとまったらしかった。

その時だった。再び公園側の扉が大きく叩かれた。急いで裏口を開けると、再びヨシさんが青い顔でドア横にしゃがみ込んでいる。

「大変だ。アラン会長がまた――」

すべてを聞き終わる前に、晴子さんが外へと駆けだした。茜ちゃんが後につづく。我に返った私も、ヨシさんといっしょに二人の後を追った。

今日も小径はぬかるんでいて、ズボンの裾に泥が跳ねあがる。洗濯する前に擦《こす》ってプレ洗いしなくちゃ、などとどうでもいいことに神経が集中していった。この状況から逃げ出したいのだ。それくらい、まずい事態だと直感が告げていた。

小径から雑草の中へと分け入り、茂みを抜ける。

「何これ。こんなところに、本当に人が住んでるわけ？」

茜ちゃんが驚くのも無理はない。

茂みを抜けきると、よく手入れされた畑のすぐ脇に、アラン会長は倒れていた。そばには久しぶりに見るダンさんがいて、スマホを片手に誰かと話している。

「はい、公園の中の大池のそばです。私が道に立ってご案内しますので」

どうやら救急車を呼んでいるらしい。

「おい、ダンさん。あんた、その電話、どうしたんだ。勝手に病院なんかに電話しちゃって大丈夫なのかよお」

おろおろとヨシさんがダンさんに問いかける。

「大丈夫だよ。いいか、俺はあと大事な電話をもう一本かけなくちゃいけないから、もうちょっと黙っててくれ、な？」

子供に言い含めるような口調だ。ダンさんはすぐにヨシさんから視線を外すと、また電話を掛けた。

「奥様でしょうか。ええ、そうです。旦那様がお倒れになりました。すぐに例の病院へお運びいたしますので。ええ、ええ、承知いたしました」

通話を切って立ち上がる。

「ダンさん、これって一体」

「一刻を争う状況かもしれません。とにかく、救急車は呼びましたから」

聞きたいことは山盛りだけれど、何から聞けばいいのかわからなかった。

ダンさん、あなたは一体、何者なんですか。ヨシさんと同じ、ワケありの、ここの住人じゃないんですか。どうして会長のことを旦那様なんて呼んだんですか。会長のご家族を知ってるんですか。

私たちが質問を発する前に、茜ちゃんが深刻な声で尋ねた。

「ちょっと何。なんで、こんなところに、ダンおじちゃんがいるわけ？　あなた、ダンおじちゃんでしょう？」

ダンさんが、茜ちゃんに気がつく。

「お嬢さん、どうしてこんなところまで――」

「おじちゃんがここにいるってことは、まさか、その倒れてる人って、本当におじいちゃんなわけ？」

茜ちゃんは呆然《ぼうぜん》と呟いて、そのまま倒れている会長の側《そば》へと駆け寄っていく。ダンさんは、そんな茜ちゃんを悲痛な顔で見守っていた。

「ねえ、おじいちゃんってば」

茜ちゃんが、会長を揺さぶろうとするのを、ヨシさんが慌てて制する。

「朝倉《あさくら》さん！　朝倉さん⁉」

大きな声が割り込んできて、ダンさんが慌てて立ち上がった。どうやら救急隊員が到着したらしい。

結局、私たちは、何一つ詳しいことを知ることができないまま、その場に取り残されることになった。

茜ちゃんは、まだ何が起こっているのかわからないような声で、私に告げた。

「深幸さん、私、朝倉茜って言うんだ」

ダンさんが、茜ちゃんに頭を下げた。

「自分はこんな格好なので、よろしければお嬢さんに付き添いをお願いできませんか」

ストレッチャーに乗せられたアラン会長の顔は驚くほど真っ青で、誰も何も言わなかった。

三十分後、茜ちゃんから連絡が入った。中央線沿いの駅にある総合病院の名前を告げられると、私は晴子さんと共に、慌ててタクシーで駆けつけたのだった。

病院の手術室の前は、微かな機械音の他は何も聞こえなかった。遠くで足音やストレッチャーが廊下を滑る音が響いていたけれど、私や晴子さん、それに後から駆けつけた雅志さんの座る椅子のすぐ脇には透明な壁でもあるみたいに、くぐもって聞こえてきた。せめて窓でもあればいいのに、手術室と書かれたランプの他に、見つめるべきものは何もない場所だ。

晴子さんが、雅志さんの腕を摑《つか》む手にぎゅっと力を入れたのがわかった。

「大丈夫だよね、あの人」

旦那さんを失った日の記憶が、晴子さんを蝕《むしば》んでいる。雅志さんは、「大丈夫だ」と頷いた。茜ちゃんは、私の隣で神妙な顔のまま、俯《うつむ》いている。

——手術をしても、もう駄目かもしれないって。

さっき、晴子さんをここに残して飲み物を買っている時に、茜ちゃんは呟いた。わざわざジュースの落ちてくる一番うるさい瞬間に、まるで聞こえなきゃいいと思っているみたいに。でもその声は、私に届いてしまった。いつもオーダーを聞き損ねるのに、そんな言葉に限って、聞こえてしまった。

ダンさんが連絡したはずの奥様とやらは、あれから一時間以上は経《た》ったはずだけれど、まだ到着する気配はない。

「お祖母ちゃんにとっても、もう他人みたいなものなんじゃないかな」

茜ちゃんが、醒めた声で呟く。晴子さんが、再び呟いた。

「大丈夫だよね、あの人」

「大丈夫だよ」

雅志さんが優しく言った。多分、彼の腕を晴子さんは食い込むほど強く摑んでいるけれど、雅志さんは何も言わずに耐えていた。

手術室のランプが消えたのは、それから二時間も経ってからだった。

何もしていないはずなのに、私は額にびっしょりと汗を掻いていた。

手術後、運ばれていくアラン会長は、すっかり小さくなってしまったようで痛々しかった。こんなに痩せていたのに、何も気がついてあげられなかった。

雅志さんが、肩に手を置いて向こうを見た。視線の先を辿《たど》ると、どこかで見たような顔の人物が、こちらを見て深々と頭を下げた。

「改めて、朝倉がいつもお世話になっております。よろしければ、みなさんも、お嬢さんといっしょに来ていただけますか」

「もしかして、ダンさん、ですか⁉」

顔をあげたダンさんは、グレーのスーツに身を包んでいて、顔の垢《あか》も落ち、見違えるほどさっぱりとした様子になっていた。

ダンさんに案内された個室の病室は、総合病院の最上階に位置していた。病院だというのに床は大理石になっており、扉は重厚な木製だ。

「この一番奥になります」

振り返ってダンさんが告げる。

廊下の奥まで辿り着くと、名前が掲げてあった。

『1015号室　朝倉甚太郎《じんたろう》』

まったく知らない名前だ。朝倉氏がアラン会長と同一人物だとはとても思えなかった。

病室の中へと入ろうとすると、看護師さんに止められた。

「ご家族以外の面会は準備が終わるまでお控えください」

ダンさんが申し訳なさそうに病室の前の椅子へと案内してくれる。茜ちゃんも、私たちと一緒がいいと、中へは入らずについてきた。

布張りのヨーロピアン調のソファなんて、少なくとも総合病院で見るのは初めてだ。

「あの、ここって本当に総合病院の最上階ですよね」

私の声に、ダンさんが苦笑した。

「ええ、そのようですね。ここだけの話ですが、隣の病室には、増田《ますだ》大臣が入院してるそうですよ」

「増田大臣って、この間、献金疑惑で騒がれてる最中に体調不良で倒れたっていう？」

雅志さんが分厚そうな隣の扉をしげしげと眺めた。

「体調不良の割には、扉が開いた時なんかに元気のいい声が聞こえますがね」

「はあ」

ため息とも感嘆ともつかない雅志さんの返事に被せるように、晴子さんがダンさんに尋ねた。

「あの、不躾《ぶしつけ》ですが、会長の――甚太郎さんの手術はどうだったんですか？」

「ええ。それは――手術で取りあえず取り除けるだけのものは取り除いたと。ただ、予想以上に悪いものが広がっていたらしくて、予断は許さない状況だそうです」

ダンさんの口調は、淡々としたものだった。晴子さんは、その声に応えずに、ただ俯いてしまった。

「それにしても、まさか深幸さんの思い付きが当たってたなんてね」

茜ちゃんが、ぽつんと呟く。

「うん」

それ以上は何も話すことがなくて、弾力のあるソファに黙って腰掛けていると、扉が開いた。看護師さんたちが誰も乗っていないストレッチャーとともに出てくる。つづいて、威厳が洋服を纏《まと》っているという雰囲気の、背筋の伸びた老婦人が姿を現した。刻まれた皺《しわ》が光を放っているような、美しい人だった。

「大変お待たせいたしました。皆さま、どうぞお入りください。さ、茜も。もう、事情はダンから聞いているのでしょう」

茜ちゃんは、黙って頷くと、病室へと入っていく。

ダンさんは、私たちを病室へと促すと、自分は中へ入らずにあとから扉を閉めた。

扉の内側も、病室というよりホテルだった。しかも、五つ星のスイートルームだ。見たことはないけれど、多分、こんな感じに違いない。

大きな窓から柔らかに差し込む日差しを受けながら、婦人は、私たちにソファを勧めた。腰掛けた私たちそれぞれを見つめ、晴子さんに向かってふっと口元を緩める。

「宅と孫の茜が、いつもお世話になっております。朝倉の妻の芳乃《よしの》でございます。本来であれば、私のほうからご挨拶に伺うところですが足を痛めておりまして、このような場所になってしまい申し訳ございません」

挨拶とともにすっと差し出されたのは、菓子折と分厚い封筒だった。

「お礼とも申せませんが、主人の生活ではこれまで行き届かぬところもあったかと存じますので、どうぞお納めくださいませ」

封筒を見た瞬間に、生唾が湧いてきた。ということは、つまり――。

この封筒って、お札、だよね。ええと晴子さんのことを、愛人か何かと勘違いしてますよね。

慌ててアラン会長のほうへと視線をやったけれど、もちろん、窓際のベッドの上に横たわって眠っている。晴子さんは芳乃さんの行為の意味がわからないらしく、きょとんとしていた。

慌てたのは茜ちゃんと雅志さんだ。顔を真っ赤にして、身振り手振り、二人して芳乃さんに説明し始める。

「あの、すいません。こいつは、晴子は、そんなんじゃなくて、会長――朝倉さんの料理の弟子みたいなもんなんです。決して疚《やま》しい関係じゃ」

「そうだよ、お祖母ちゃん。失礼だよ。晴子さんは、食堂の人で、私にいつも朝ごはんをつくってくれてて――」

「疚しい関係⁉」

晴子さんが相変わらずややズレなタイミングで反応を見せた。分厚い封筒の中身も、ようやく察しがついたようだ。

「違います、誤解です。た、確かにお店のことを一からお世話になったりしましたが——

でも、それだけ聞くと、とっても愛人っぽいよね、どうしよう雅志」

ついに雅志さんに泣きついてしまった晴子さんを見て、芳乃さんはぷっと吹き出した。

厳しいばかりだと思っていた口元には、よく見ると笑い皺が刻まれていて、しまいには大声で笑っている。

「あの、芳乃さん？」

晴子さんがおろおろと呼びかけると、ようやく芳乃さんが笑いを引っ込めた。

「ごめんなさいね。ダンからは違うと報告を受けていたんだけど、主人のことだからそんなワケはないと私のほうが勘ぐったの」

「ダンさん、ですか？」

茜ちゃんが、芳乃さんに向かって口を尖らせた。

「ダンさんって、私が小さい頃に遊んでくれてたおじちゃんでしょう？」

「ええ、そうよ。よく覚えていたわね。まだあの頃は、四歳か、五歳だったのに」

芳乃さんは、私たちの疑問をまるごと受け止めて、すべてを話してくれた。

それは、芳乃さんにとっては決して愉快な話ではなかったろうし、私たちにとってはただただ驚きの連続だった。いや、言われてみれば、そうであって然《しか》るべきだという気もするのだけれど。

アラン会長こと朝倉甚太郎さんは、元々は吉祥寺に広く土地を持っていた地主の息子だったそうだ。土地を持っているだけではなく、手広く事業をやっており、あの公園自体も朝倉家から市に寄贈されたものなのだという。驚くべきことに、この病院でさえも、朝倉家の経営するものなのだそうだ。

「朝倉家では、都心にホテルや料亭もいくつか展開しております。主人は幼い頃から食に並々ならぬ興味を示したとのことで、よく厨房《ちゅうぼう》に入り浸ってはコック長や板長から手ほどきを受けていたとか」

なるほど。それであんなに舌が肥えていたのか。

何不自由ない幼少期を経て、家の決めた許嫁《いいなずけ》、芳乃さんと結婚した。ところが、十数年が平穏に過ぎ一女を儲けたあと、会長は突如、失踪した。まだ娘が高校にあがったばかりだったそうだ。

「ちょうど桜が咲き始めた頃でした。最初は旅行にでも出たのかと思いましたよ。でもさすがに、行き先も告げず、何の連絡もせずなんておかしいでしょう。事業は朝倉なしでも回るようになっていましたけれど、それでも彼はグループの会長でしたし」

会長は、アラン会長になる前から、会長だったらしい。

「でもね、色々と手を尽くしているうちに、行方はすぐに知れたんですよ。家のすぐ近所の公園で妙な暮らしをしていたんですもの。放っておくわけにもいかないから、私の実家に仕えていた男を送り込みました。それが、ダンです」

おそらくは、こちらの監視だと気がついていただろうと、芳乃さんは苦く笑った。

「でも、どうして会長は家を出るなんてしたんでしょう。わざわざあんな公園の片隅に畑をつくって自給自足みたいな暮らしをするなんて」

呟くと、芳乃さんがゆるゆると首を振った。

「さあ、どうしてでしょうねえ」

「お祖母ちゃんさあ、どうして居場所までわかってたのに、お祖父ちゃんを連れ戻そうとしなかったわけ」

茜ちゃんが、口を尖らせて尋ねた。芳乃さんが、孫娘に向かって穏やかに微笑む。

「それはもちろん、何度も試みたわよ。あの藪《やぶ》を抜けて何度も足を運んでね。そりゃもう、公園の警備員が駆けつけるほどの大げんかだってしたわよ」

「そうだったんですね」

それでも、アラン会長の意思を変えることはできなかったのだろうか。

「じゃあ、別れちゃえばよかったじゃん」

「ええ、そうね。でも、別れたって、あの人の代わりはいないしねえ。結婚に安定を求める人もいるだろうけど、私はあの人を求めたのよ」

一度は離婚しようと申し出たこともあった。すると、会長も「好きにすればいい」と答えた。

「それなのに次の日、家の玄関に、採れたての野菜と、そこらへんで摘んだような野の花が置いてあったの。とっても可愛《かわい》らしいお花でね。ずるいでしょう、あの人」

芳乃さんが、ベッドに横たわるアラン会長を、慈しむように見つめた。

結局、離婚はしなかった。家にいる時よりも、会長がずっといい顔付きをしていることにも気がついていた。それからは、理解はできないけれど、受け入れることはできると思ったのだという。

「お祖母ちゃん、それで幸せだったの？」

芳乃さんが、茜ちゃんに微笑みかける。

「お祖父ちゃんは、苦しいことも、嬉しいことも、全部お祖母ちゃんにくれたの。私を今の私に育ててくれた人なのよ。多分、それも幸せの形なの」

「私にも、いつかわかる？」

「きっとね」

茜ちゃんは、口を尖らせながらも、やがて頷いたのだった。

「あの、落ち着かれたら、ハレのヒ食堂に、朝ごはんを食べにいらっしゃいませんか」

晴子さんの声に、芳乃さんは口角をふっと上げた。

「会長も。会長も回復したら、きっといっしょに来て下さい」

ほとんど懇願するような晴子さんの頬に、芳乃さんがふいに手を伸ばす。

「あなたのような人が主人の側にいてくれて、本当に良かった」

晴子さんの顔が歪む。雅志さんが、晴子さんの肩をぎゅっと摑んだ。

また来ることを芳乃さんに約束して、私たちは茜ちゃんを残して病室を後にしたのだった。

病院の外に出ると、再びダンさんが待っていて、こちらに丁寧なお辞儀をした。

「ようやく、まともに風呂に入れましたよ」

「それにしても、すごい変わりようですね」

声を掛けるとダンさんが苦笑いした。

「しばらく公園からは姿を消しますが、その前に深幸さんにお伝えしたいことがありまして。ヨシさんから聞いたかもしれませんが、あなたのことを妙に嗅ぎ回っている男がいるようだ。確認しましたが、食堂のお客とは別人です。どうかご用心ください」

意外な事実を告げられて、私は驚いた。

「全く心当たりがないんですけど、それじゃ、本当に私をつけ回してる人がいるんですか」

「それは物騒だな。あんまり一人で出歩いちゃ駄目だ。外出する時は、俺か晴子と行動したほうがいい」

雅志さんの声に、ダンさんも頷いた。

「ぜひそうなさってください。会長の容態が落ち着き次第、調べてみますので」

「いえ、そんなご迷惑はかけられません」

慌てて首を振る。

「お三方のことは、できる限り協力するよう、奥様から言いつかっておりますので」

改めて、垢を落としたダンさんの顔を間近にすると、少なくとも十歳は若返って見えた。

今日はとにかく、色んなことが姿を変えすぎて、この世界が一体、何層で出来ているのかわからなくなる。簡単には晴れの空に辿り着けそうになかった。

その日の夜、晴子さんはあまり喋《しゃべ》らなかった。早めに閉じこもってしまった部屋からはお線香の匂いが漂ってくる。

多分、旦那さんに、会長の回復を祈って手を合わせているのだ。私も、ドア越しに静かに手を合わせてから、階段を上がった。ベッドに入ったけれどなかなか寝付けずに、いつまでも窓を打つ雨の音を聞いていた。

☀

私と晴子さんは、食堂が終わったあとは必ず会長を見舞った。

会長が目を覚ましたのは術後二日も経ってからで、私たちを見ると露骨に嫌な顔をしてみせた。

「何しに、きた」

憎まれ口はいつものままでも、その声音に凄《すご》みはなくて喉の奥が熱くなる。

「こんな、ところに来る、暇があったら、白飯、をなんとかしろ」

途切れ途切れに告げる会長の声に、晴子さんは何も応えずに何度も頷いていた。

その日からだった。俯きがちだった晴子さんの瞳に、再び生気が宿りはじめた。何が何でもおいしい白米を炊きあげて、会長に食べさせることに決めたのだとわかった。

「深幸さん、ごはん、どうやったらうまく炊けるか一緒に考えてくれる？」

帰りの軽トラで晴子さんが、道をまっすぐに見据えながら言った。

「はい」

気持ちは、私も同じだった。

☀

ちゃぶ台にずらりと並んだごはん茶碗を見て、雅志さんが悲鳴を上げた。

「せめて漬け物を付けてくれよお」

「駄目。味がわからなくなるでしょう」

晴子さんの返事はにべもない。

「どうせ今日も、同じだろ」

雅志さんが、ぷいとそっぽを向いてむくれる。

ここ一週間、食堂が終わると、晴子さんは全国のブランド米を炊いては、夕食の席で食べ比べをしていた。今までは、おかずが七にごはんが三の割合だったとすると、今はおかずが一にごはんが九だ。ちなみに一の内容はお味噌汁《みそしる》で、連日の炭水化物責めに、心なしか今までのジーンズがキツくなってきた気がする。

食堂でも使用している最新の高級炊飯器を使用し、ふっくらと炊きあげられた白米は、どれもこれもそれは美味しかった。

今日のごはんだって、一粒一粒が茶碗の中でつやつやと光り輝いている。一人あたり三膳並んだ茶碗のうち、左端のを口の中へと放ると、しっかりとした歯ごたえのあとに、強い甘みが口の中いっぱいに広がった。

「うわあ、このごはん、甘い！　今まで食べたやつの中で、一番甘いかも」

「まあな。おかずがあったらもっと美味いけど」

雅志さんは、すっかり戦意を喪失したままだ。

「ほんとだ。これ、美味しい。もうちょっと水分を多めにしたほうが、朝は食べやすいかもしれないね――でも、まだ油断はできないよね」

晴子さんが口元を引き締める。

「ええ、そうですね」

「もう、つづきは二人でやってくれよ」

雅志さんはうんざりとした顔で、ごろりと床にひっくり返ってしまった。晴子さんの厳しい視線を浴びても、起き上がる気配はない。

仕方なく、私と晴子さんだけで、真ん中の茶碗に箸をつけた。

「うわあ、これも、もっちり、しっとりしてて、すんごく美味しい」

言いながら、声が小さくなっていくのをどうしようにもできなかった。なんとか自分を奮い立たせて、水を一口飲んだあとに、すかさず三つ目の茶碗に箸をつける。

「こ、これも美味しいですね。味に癖がなくて、歯ごたえがあって、どんなおかずにも合いそうっていうか――」

晴子さんが、無言で箸を置いた。

「どれも美味しいよね。どこかに問題があるなんて思えないくらい。だってそうでしょ。全部、特Aランクのブランド米なんだもん。日本全国から選び抜かれた傑作なんだもん」

そうなのだ。私たちは、完全に行き詰まっていた。ここ一週間、同じようなことを繰り返しているのだ。

「だよなあ。アラン会長は、一体何が気にくわないんだろなあ」

「明日お見舞いに行った時に聞いてみましょうか」

気弱な声を出すと、晴子さんが首を振った。

「どうせ、何にも教えてくれないよ。起きてるかどうかもわからないし」

「そうですね」

ちゃぶ台に降りる沈黙は、炊く前の白米みたいに固い。

お見舞いに行っても、アラン会長は起きている時のほうが少なかった。起きていても、話がうまく通じない時もある。芳乃さんの話では、それでもゆっくりと快方には向かっているようで、もう少し経過を見て退院できるかどうかが決まるそうだ。その退院が、どういう意味なのか、尋ねる勇気は誰にもなかった。

病院に無理をお願いして、病院食の白米を差し替えているのだけれど、会長からいいコメントはもらえていない。

私たちには時間がないかもしれないのに――。

破れかぶれで提案してみる。

「お客さんたちにも聞いてみます？　ほら、お魚の時みたいにヒントを貰《もら》えるかもしれないですよ」

「おお、それ、いいんじゃないのか」

雅志さんがむっくり起き上がって賛成してくれた。

「そうだね。ちょっと手間はかかるけど、ごはんを三種類ずつ、別のお茶碗に盛って出してみようか」

「いいと思います！　きっといいアイデアが出ますよ」

我ながら、ほとんど悲鳴みたいな声だった。正直なところは、もうお客さんたちしか縋《すが》る相手がいない、というところまで追い込まれているのだ。

夜、何となく寝付けなくて外へ出て、裏の畑に回った。都心に比べて空は暗く、星明かりがくっきりとしている。それでも、田舎の空に比べると、随分と明るいように思えた。

ぴぃちゃんも眠っているのか、鶏小屋からは、物音一つ聞こえない。

あとは白米だけなのだ。アラン会長に、何としてでも完成したハレのヒ食堂の朝ごはんを食べてほしかった。

北の空を昇っていくカシオペヤ座を眺めながら、ぼんやりと思う。この間、畑でしゃがみ込む晴子さんの隣で閃いたことは、ただの勘違いじゃないだろうか。

あの時、ハレのヒ食堂に込められた想《おも》いを、私なりに解釈できたつもりになった。晴子さんの旦那さんが、なぜあの食堂をハレのヒにしたかったのか、その秘密に間違いなく辿り着いたと思った。

でも、例えば今、命の火を燃やし尽くそうとしているアラン会長に、あの閃きの内容を言えるだろうか。そう思うと、途端に全てが独りよがりだったんじゃないかと思えてくる。

大きく息を吸うと、連日の雨でたっぷりと水を吸った畑の土が、渋みのある香りを放っているのがわかる。湿気を含んだ六月の夜風は、夏に向けて伸びつづける緑の匂いを纏っていた。

ハレのヒ食堂の朝ごはんが、完成しますように。白米のいいヒントが、見つかりますように。

晴子さんを見守っているに違いない旦那さんに向かって、目を閉じて祈る。

そっと目を開けた時だった。けちゃりけちゃりと、ぬかるみを歩く足音がした。

はっと目をこらすと、畑を挟んだ防風林から、ぼうっと人影が浮かび上がってくる。幽霊を見たことはないけれど、彼らが現れるとしたら、こんな感じだと思う。ぞくりと背中が粟立《あわだ》った。

「深幸だな」

男性の声だけど、雅志さんじゃない。ましてや、前川さんでもない。もっとなじみ深い声、そして私がずっと避けつづけてきた声だ。

「——お父さん？」

人影が、頷いたのがわかった。

再び目を閉じて軽く息を吐き、のろのろと立ち上がった。

「お母さんは？」

「旅館で休んでら。このまま一緒にいぐべ」

思考停止のまま、それでもようやく首を振る。

「――いやだ」

「いやだっておめえ、会社辞めで、人さこったに迷惑かげで何言ってるんだあ」

「迷惑なんて――」

かけてる。思いきり。

父が、一歩、また一歩、近づいてきた。じりじりと後ずさる。

東の空が、明るくなってきた。父の表情は影になって見えない。

ふいに、大きな声が響いた。

「下がりなさい！」

晴子さんだ。慌てて振り返ると、鍬《くわ》を持って仁王立ちになっている。

「待って、晴子さん。この人は――」

止めようとしたけれど、鍬を持つ手が震えている晴子さんには、私の声なんて届いていなそうだった。

次の瞬間、「わあああ」と大声を上げながら、晴子さんが父に向かって行った。驚いたのか、一番鶏がコケコッコーと朝を告げる声が重なる。

畑の周りを、父が逃げ惑い、鍬を持った晴子さんが追う。鶏は鳴きつづけ、私は父を追う彼女を追い、ついに後ろから羽交い締めにした。ほっそりとした体は、激しく震えつづけている。

「その人、父です。父なんです！」

私の声に、晴子さんの背中から一気に力が抜けていき、膝から地べたに崩れ落ちた。

「お父様？」

父も、両膝に手をついて、肩で息をしていた。

鶏はまだ鳴きつづけ、山の端から橙色《だいだいいろ》の太陽がゆっくりと姿を現しはじめていた。

晴子さんが、居間の畳に額をこすりつけた。

「本当に申し訳ありませんでした」

父も恐縮して頭を下げている。

「いえ、謝るのはこちらのほうで。夜も明けきらねえうぢに、お宅に入ったんだがら。それに、うぢの娘が本当にご迷惑をおかげしてしまって」

「本当に、私からも謝ります。驚かせてすいませんでした」

体を起こしても項垂れる父の脇で、私も肩を落とした。

「とんでもないです」

一旦会話が途切れると、気詰まりな沈黙が空間を支配する。

そもそもどうして父が、晴子さんの家を突き止めたのか、なぜわざわざ私のもとまでやってきたのか、尋ねたいことは山ほどあったけれど口元は固まったまま動かない。晴子さんの家の居間に父と三人でいるこの状況が、あまりにも現実離れしている。

それでも、部屋の掛時計を見て、我に返った。

「晴子さん、食堂。そろそろ出発しないと仕込みが間に合わないですよね」

「──そうだね。それじゃ、今日は深幸さん休んでいいから。申し訳ないけど私一人で行ってくる」

「そんな、晴子さんにこれ以上の迷惑は掛けられないです。私も行きます」

父は私を連れて旅館に帰りたかっただろうけれど、迷惑という言葉が出ると、強く出ることはなかった。必ず旅館を訪ねてこいと何度も念押しし、同じくらいの頻度で晴子さんに頭を下げながら、父は去っていった。家に帰っていないのはたった三年なのに、その背中は随分と萎《しぼ》んで見え、私の胸を揺さぶった。

食堂へと向かう軽トラの中で、晴子さんはごはんのことばかり話していた。きっと私に気を遣っているのだ。北は北海道から南は沖縄までお米の銘柄を挙げてみせ、これまで試した炊飯器の性能についても熱く語っている。

晴子さんの声に申し訳ない気持ちで頷きながら、私は頭の片隅で思う。

アラン会長の納得する白いごはんが出来るまで、私は食堂にいられるのだろうか。

どうせ私には一人で働いて暮らすなんて無理だ、このまま実家にいろという両親に反発して、どうにか家を出てきた。けれど、結果は両親の予言した通り。鈍くさい私は会社にうまく勤めることも出来ず、生まれながらの運の悪さも手伝って家を失い、ついにはワリキリ寸前まで追い詰められたのだ。晴子さんに拾ってもらったのは、本当に偶然で、あのままホームレスになって暴漢に襲われて死んでいてもおかしくはなかった。

父と母が、どこまで私の辿った道を把握しているのかはわからないけれど、会社を辞め、前の家を出たところまではバレているだろう。もしかして突然遊びに来て、別人が住んでいるのを知ったのかもしれない。

いずれにしても、私を何としてでも連れ帰ろうとするのは目に見えていた。

わかっている。両親は、子供の頃から人一倍鈍くさかった私を心配しているのだ。でも、その心配が一周して毒になってしまったものを、私は、小さい頃から与えつづけられてきたように思う。

「ごめんねえ、婆ちゃんに似たばっかりに不器量になって。ごめんねえ」

婆ちゃんでさえ、いつもそんな風に言っていたっけ。

苦しくて、苦しくて、あのまま家にいたら、私はみんなを憎んでしまいそうだった。

こんなことを思うなんて、私はなんて親不孝な子供なんだろう。

「──深幸さん。深幸さん？」

いつの間にか、軽トラは食堂そばに到着していた。晴子さんが気遣わしげにこちらを覗き込む。

「ねえ、具合が悪いんじゃない？　昨日もあまり寝ていないだろうし、やっぱり今日は休んだら？」

慌てて首を振った。休んでいる暇なんてない。少しでも、ごはんの完成のために時間を使いたかった。

「全然大丈夫ですから」

頷いて笑って見せたけれど、晴子さんは軽く唇を噛《か》みしめたままだった。

「どれも似たような味だなあ。まずくはないけど、今いちかな」

茜ちゃんが、三種類のごはんを食べ比べたあとで首を傾げた。

「そうかなあ。俺は、どれも十分に美味いと思うけどなあ」

川崎さんが、首を捻《ひね》る。

「まあ、好みはあるでしょうけど、どれを出したって普通に美味しいですよ」

読書リーマンも淡々と告げた。

他のお客さんたちにも聞いたけれど、みな同じような意見ばかりだった。無理もない。

出している私たち自身も、どれも美味しいと思っているのだから。

茜ちゃんだけが、やはり会長の舌を受け継いでいるのか、頷いてくれない。

「でもおじ――会長は、これじゃ駄目だって言うんだよね」

茜ちゃんが口を尖らせる。

「なんだ、その会長ってのは。ひょっとしてこの店のオーナーか？」

川崎さんや読書リーマンも会長に興味を持ったため、差し支えのない範囲で私が説明する羽目になった。

読書リーマンが、脇に単行本を置いて、ふむとあごを指でさする。

「お話を聞く限り、お米の種類の問題じゃないかもしれません」

「なんだなんだ。他に何があるんだ？　ブレンドするとか、そういうことか？」

川崎さんが身を乗り出す。

「いえ、それだってお米の種類のバリエーションに過ぎないですから。そうじゃなくて、むしろ炊き方にこだわったほうがいいんじゃないかと思って」

「――でも、最新の高性能炊飯器を使っているのに、これ以上どうすればいいんでしょう。釜炊きにするとか？」

途方に暮れる晴子さんに、それまで黙っていた前川さんが無情に言い放つ。

「釜炊きの白飯は、俺の通ってる店の料理人から、一人前になるまで十年はかかるって聞いたことがあるなあ」

「そんな、十年なんてとても——」

間に合わない。晴子さんが飲み込んだ言葉が、びりびりと伝わってくる。

みんなで唸っていると、茜ちゃんが若さの滲《にじ》む明るい声を放った。

「でもさ、炊き方を変えればいいのかもって判っただけでも大進歩じゃない？」

「そうか。そうだよね。うん。炊き方、他にもないか考えてみるよ」

晴子さんの声は自信なげだったけれど、表情はやや明るくなっていた。

一方、私には、何か引っかかるものがあった。

釜炊きの他の、炊き方？

何となく遥《はる》か記憶の彼方から押し寄せてくる波があるのだ。なぜかコスモスの花が頭の中で揺れている。

どうしてこのタイミングでコスモスが揺れるんだってば。

相変わらず働きの悪い自分の脳味噌を呪いたくなる。けれど、何か、とても大切なことをこのコスモスは訴えかけている気がした。

丁寧に記憶の細い糸をたぐり寄せるけれど、その糸は、読書リーマンの心ない一言で霧消してしまった。

「ちょっと、僕のコーヒーまだ？」

「——はい。ただいま」

カップに注いだコーヒーをどんと乱暴に置くと、読書リーマンが少し傷ついた表情を浮かべた。そんなの、構っていられなかった。

その日、食堂が終わったあと、晴子さんに両親の泊まる旅館へと送ってもらった。

軽トラから降りる瞬間、尋ねられる。

「やっぱり、私もいっしょに行かなくて大丈夫？」

旅館は、角を曲がったすぐそばだ。高尾山の麓《ふもと》にある老舗らしい。この辺りは観光ルートなのか、交通量が激しく、後ろの観光バスからクラクションを鳴らされた。

「平気です。取りあえず、行ってきますね」

無理に笑ってみせると、私は急いで助手席から離れた。バタンとドアを閉じると、命綱を断ち切られたような心細い気持ちになる。

それでも、晴子さんにこれ以上迷惑はかけられない。私だけで、何とかしなくちゃ。

後ろのバスの運転手に頭を下げると、晴子さんのほうを振り返らずに角を曲がった。

石畳で前庭を抜けた先に、「緑風荘《りょくふうそう》」と看板が出ていて、引き戸の古風な玄関があった。

中へ入るとすぐに受付で、旅館の人に両親の部屋まで通してもらった。欅《けやき》の間と案内の出ている扉をノックすると、父親が出てくる。

「入れ」

「うん」

短いやりとりは、寒い地方の二人だからではなく、お互いに緊張しているからだ。襖《ふすま》の向こうから、大仰に洟《はな》を啜る音が聞こえてきた。母だ。

──婆ちゃん、助けてね。

都合よく祈って大きく深呼吸をすると、私は父の後につづいて部屋の中へと入った。

「深幸、あんた、一体どこで何してだの！」

目が合うなり母が立ち上がり、摑みかかってきた。

言えるわけがない。黙って俯いていると、父が割って入る。

「落ち着げ。二人ともまず座って。茶でも飲みながら話そう」

母が節くれだった手を放して、テーブルの向こう側に座った。白髪が三年前よりさらに増えた気がする。

どうせあんたみたいな子は苦労するだけなんだがら、家にいなさい。

瞳が無言で語りかけてきた。この視線から逃れたくて、あんなに必死であがいたのに。心配をかけたのもわかってる。だけど、どうしても素直に頭を下げる気にはなれなかった。

「母さんがな、宅配便を送ったんだ。そしたら宛先におめえが住んでねえって連絡が来てよ」

それで、前の住所を出たことが判ったのか。

「それじゃ、メールで連絡くれでる時には、もう引っ越したってわがってだの？」

「んだ。それなのに、嘘ついでごまがして。これは何が親に言えねえごとになってるんだべって誰だってピンとくるべさ」

母の言葉は、もっともだった。父が言葉を継ぐ。

「調査会社の人に世話になって調べでもらったんだ。会社もクビになったんだって？　やっぱり駄目だったんだな」

「――もしかして、食堂の周りで色々と私のことを聞き込んだりしたの？」

それが、ダンさんの言う、不審者だったんじゃないだろうか。私の問いかけには答えずに、母が呪った。

「やっぱりあんだには無理だったんだって、東京に出て働くなんて。家にいれば、私たちだって何とか守ってやれるし、目も行き届く。もうお母さん、心配して暮らしたぐない」

――いやだ、いやだ、嫌だ！

鈍くさくて、よくいじめられて帰ってきた。勉強だってできなくて、婆ちゃんが言う通り容姿だって残念な感じで、おまけに体だって弱くてしょっちゅう熱を出してた。でも、私はもう大人だ。一人でやれる。やれるんだよ。

言えるなら、そう言い返したかった。だけど、私は一人では、やっぱり駄目だった。

悔しくて、情けなくて、ただ唇を噛むぐらいしかできない。

母の真っ赤な目に耐えられず、俯いた時だった。バンと大きな音を立てて、襖が開いた。

驚いて視線を移すと、晴子さんがそこに立っていた。

「どうして――」

「ごめん、やっぱり心配で――」

両親に視線を移すと、晴子さんはつづけた。

「深幸さんは、東京でも立派にやってます！　無理とか、駄目とか、そりゃ失敗することだってあるだろうけど、会社をクビになっただけで決めつけないであげてください」

息継ぎを忘れたのか、途中で咳《せ》き込むと、晴子さんは肩で大きく息をした。

母は、こんな時でもモデルのような立ち姿の晴子さんに気圧《けお》されたのか、目を見開いている。

父が、声を掛けた。

「あの、よがったら座りますか？　母さん、こちら、深幸の大家さんだ」

「まあ――まあ、まあ。それは、うぢの深幸が本当にご迷惑をお掛けしております」

母親が我に返って、晴子さんに座布団を勧めている。私の隣に座った晴子さんは、両親に丁寧に頭を下げた。

「お世話になっているのは、私です。ハレのヒ食堂は、深幸さんなしでは成り立ちません。

来ていただいて、本当に助かってます」

晴子さんの声が、重く淀《よど》んでいた心にすうっと染みこんできた。

「一人じゃ無理っていうのは、なにも深幸さんだけじゃありません。私だって、どんな立派な人だって、一人でなんて生きていけないはずです」

「――でも、この子はホームレスになるとこだったんですよ」

母が、晴子さんに訴えるように、私をなじる。

そこまでバレていたのか。

感情的な言葉に、晴子さんは違う熱を持って答えた。

「取り返しのつかない失敗をすることだって、誰にでもあります。でもその時、深幸さんには助けてくれる人がいた。それって、ほかでもない、深幸さんの力だと思うんです。私は一緒に働いてみて、そう強く感じるようになりました」

両親の手前、お世辞を言ってくれているんだとわかっている。それでも、晴子さんの言葉は、温かくて、真っすぐで、私を晴れの太陽みたいに照らしてくれた。

言わなくちゃ。私から、きちんと話さなくちゃ。

萎みきっていた心を必死に膨らませて、私は父と母の目をまっすぐに見た。

「もう少し経ったら、一度家に戻ります。でも、今は時間をください。私、やりたいことがあるんです。私なんかいなくてもきっと大丈夫だけど、でも、やりたいんです。お願いします！」

まだ、アラン会長が納得してくれる、美味しい白いごはんに辿り着いていない。それだけは、どうしても見届けたかった。

「お願いします！」

もう一度頭を下げる。

しんと時間が流れた。足がじんわりと痺《しび》れてくる。

ようやく、父親が大きくため息をついたのが聞こえた。

「わかった。ここまで信頼していただいてるなら、できる限りお手伝いしてきなさい。ただし、それが済んだら、一度これからのことを、ちゃんっと話しにくるんだぞ」

「お父さん、そったごと言って――」

「母さん、深幸は、何がやろうどしてるんだ」

父が、こんな風に賛成してくれるのは初めてのことだった。前は婆ちゃんだけが味方だったのに――。

話がついたのを見計らったように、仲居さんたちが食事を運んできた。

「あれ、こちら二名様で承ってましたけど、大丈夫ですか？」

「あ、はい。いいんです。私たちは帰りますから。ね、晴子――さん？」

隣の晴子さんの視線は、おひつに釘付けになっていた。確かに老舗旅館で饗《きょう》される白いごはんがどんな味なのか、かなり気になる。次々と運ばれてくる料理を前にして、私は両親にもう一度頭を下げていた。

「おひつの白米だけ、一口、食べていってもいい?」

父も母も不思議そうな顔をしたまま、曖昧に頷いたのだった。


老舗旅館の白米を小皿によそわせてもらう。湯気をくゆらせる白米は、一粒一粒が立っていて、つやを放っていた。

「これ、美味しい！　なんだろう、風味が全然違う」

先に頬張った晴子さんが、驚きの声を上げた。私も急いで口に運んでみる。

「うわ、甘い」

昨日まで家で炊いて食べた白米だって甘くて美味しかったけれど、かすかにお焦げの風味がついているせいか、甘やかさがより際だっている。それに、どうしてだか、胸がきゅっとすぼむような、郷愁を誘われるのだった。

私たちの声に釣られたのか、両親もまず白米から箸を付け始めた。

「あら、懐かしい味だっきゃ」

母が目を細めて呟く。

「んだなあ。この味は久しぶりだあ。なんだっけがなあ?」

そばにまだ控えていた仲居さんが、嬉しそうに教えてくれた。

「そう言っていただけると、板場のものも喜びます。お客様に美味しく食べてほしいって、知恵を絞って色々と試した結果、ガス炊飯器で炊いてるんですよ。うちは、年配のお客様が多いので、この味を懐かしく思ってくださるんです」

瞬間、頭の中で、再びコスモスが揺れた。

「そうか、ガス炊飯器！　うちで使ってたのって、コスモスの柄がついでだよね？　婆ちゃんが大切にしてだやつ」

なぜ郷愁を誘う味なのか、なぜコスモスなのか、ようやく私の中ですべての断片が一つになって、湯気を立て始めた。

ガスホースのついたコスモス柄の炊飯器。隣で包丁を小気味よいリズムで動かしているのは、白い割烹着《かっぽうぎ》を着た婆ちゃんだ。子供心に炊飯器から延びるガスホースが何となくおっかなくて、あまり触れなかった。

「お客様に美味しく食べてほしくて知恵を絞る、ですか」

晴子さんの目が、情けなさそうに細められた。

「私、食べてくれる人のことを忘れてた。お魚を焼く時に、あんなに三村の大将に教えてもらってたのに、ごはんを炊くことばっかりに夢中で――」

「芳乃さんに教えてもらいましょう。昔、会長が食べていたごはんについて」

それでも、答えはガス炊飯器なんじゃないかという予感が、強くした。

コスモスが、頷くように、頭の中で揺れつづけていた。

旅館から真っ直ぐに病院へと引き返して、私たちは眠っている会長の脇で、芳乃さんに尋ねた。

会長が家を出る前に食べていたのは、どんな白いごはんだったのか。

やはりガス炊飯器が、私たちの求めていた答えだった。すぐに軽トラに飛び乗り、都心の家電量販店でガス炊飯器を買って、家へとトンボ返りした。

とっくにいつもの晩ごはんの時間を過ぎていたけれど、ごはんを炊くことを考えると、全然お腹なんて空かなかった。

「直火《じかび》で炊くんだね。なんか、それだけでワクワクするね」

晴子さんが、台所に置かれた炊飯器を見つめる。今どきのガス炊飯器には、花の柄なんてついていなかった。一見、電気釜と変わらない最新感を放っている。でもそのお尻からは、昔と変わらないガスホースが、尻尾みたいに延びているのだった。

——でも、ここだけの話、電気じゃなくて直火で炊くと美味いですよ。こだわる人は、やっぱりガス炊飯器を買って行かれます。最近は圧力鍋とか土鍋で炊く人も結構多いですしね。

電器店の店員さんも、晴子さんを見てそわそわとしながら教えてくれた。何だかやけに値引き額が大きかったのは、晴子さんだからだろうか――いや、美しさもあるかもしれないけれど、白いごはんに対するあの熱気に店員さんも当てられたんじゃないかと思う。

「じゃ、スイッチを入れます」

お米は研いで、一時間程、水に浸《つ》けてある。こうすることで、本来の甘味が出やすくなるんだそうだ。お米の銘柄は、私が食堂で働くことになった日にアラン会長のもとへと運んでいった棚田の誉れだ。もともと、絶妙な粘りと抜群の甘みが売りの白米だったのだけれど、その旨味《うまみ》を全く引き出せておらず、これじゃあ誉れが泣いてるよと、会長は酷評したのだった。

「点火！」

晴子さんが勢い良くスイッチを押すと、ボッと火の点《つ》く音がした。

「点いた！」

二人して、子供みたいにはしゃぐ。

雅志さんが、いいタイミングでやってきて、いきなり台所に現れた新しいガス炊飯器に、目をまん丸にしていた。

炊きあがりを知らせる機械音が鳴ったのは、それから約三十分後だった。

「速い！」炊飯器の前に椅子を移動させて座っていた晴子さんが、勢いよく飛び跳ねる。

「店員さんの言ってた通りですね」

強火で炊きあげることができるため、時間が短くて済むらしい。

晴子さんの喉がごくりと鳴ったのが聞こえた。

「蓋、開けます」

中に閉じ込められていた湯気が一斉にふわあっと上がり、その奥に、ふっくらつやつやの白米が姿を現した。

晴子さんがしゃもじでかき混ぜる。その度に湯気があがり、懐かしい香りが鼻からいっぱいに入り込んでくる。お釜をかき混ぜる晴子さんの背中がふいに婆ちゃんのそれと重なって、喉の奥にこみ上げてくるものがあった。

旦那さんの想い出と生きていた晴子さんは、こんな気持ちといつも一緒だったんだろうか。ううん、今の私の感情はほとんど郷愁に近いものだ。でも、晴子さんの感じていたものは、胸に穴を穿《うが》たれるような痛みを伴う感情だったに違いない。

もう、大丈夫なのかな。

あの夕空を眺めた日以来、晴子さんは徐々に元気を取り戻したように見えた。でも、それから会長のことが起きて、晴子さんの気持ちは、再び大切な誰かを失うという絶望感に引き寄せられていないだろうか。

「深幸さん、ごめん。お茶碗を取ってもらえる?」

「あ、はい！」

バカ、人の心配なんかしてないで、自分のことを何とかしなさいよ。

軽く頬を叩いてから、晴子さんに差し出す。

「できたかあ？」

雅志さんも、のっそりと台所に姿を現した。

「あれ、なんか香りがいつもと違うな」

晴子さんと顔を見合わせて、くすくすと笑う。

「なんだよ、二人して」

「今、持っていくから待っててよ。きっと、別格のが食べられるから」

晴子さんが子供みたいに笑うと、雅志さんの頬が微かに赤く染まった。

ちゃぶ台を囲んだ私たちは静かだった。

お茶碗によそわれたお米は、立っている、光っている、いかにも美味しそうな奥深い香りを放っている。

しかし――食べるまで安心はできない。本当にアラン会長のもとへと持っていけるかどうか判断するのは、見た目ではなく舌だ。

「いただきます」

緊張の滲む晴子さんの合図のあと、私たちは、魅惑的な白い粒の集まりを、口の中に放った。

お願い、期待を裏切らないで。きれいなだけじゃ、駄目なんだからね。

おそるおそる、一噛みする。もう一度、噛む。それからは、夢中で食べつづけた。晴子さんも、雅志さんも、無言だった。

おかずなんていらない。白いごはんだけで十分だった。それくらい、美味しかった。旅館で食べた白米を軽く超えていた。頭の中で、大量のコスモスが風に揺れつづける。

もう、細かい感想なんて良くわからなかった。ただ、美味しかった。そうして気がつくと、お茶碗が空っぽになっていた。

はあ、と大きなため息が出る。何気なく晴子さんのほうに視線をやると、静かに泣いていた。

「晴子さん――」

「美味しいよ。このごはん、すっごく美味しい。こんなの食べたら、会長、死ねないよね。もっとこの世界にいたいって思うよね。大丈夫だよね。もう誰も、いなくなったりしないよね」

言いながら、やがて子供みたいにしゃくり上げる晴子さんを、私はただ抱きしめることしかできなかった。

晴子さんの肩越しに見える雅志さんも、目の縁が赤くなっていた。

☀

それから一週間後、退院を控えた会長のもとへと、私たちは朝ごはんを運んだ。病院に入っている食堂の厨房を特別に使わせてもらった炊きたてだ。ハレのヒ食堂のほうは、臨時休業にしてある。

「ふん、出来たのか」

会長はベッドに起き上がっていた。何だか顔色がとてもいい。頬にも血色が戻ってきていたし、眼光には確かに会長のものらしい鋭さが宿っている。

「はい、自信作です。食べてみてください」

茜ちゃんも、食堂の常連さんも、みんなが文句なしに認めた味だ。晴子さんが深く頷くのを見て、会長は鼻を鳴らした。

朝採れ野菜のサラダ、鯵《あじ》の開き、茄子《なす》の煮浸し、お味噌汁、そして——白いごはん。会長が、一口ずつ箸を付けていく。

ふう、と吐息を漏らしたあと、会長は一言だけ告げた。

「まあまあだな」

美味しく、なかったのかな？

晴子さんを見ると、やはり肩が落ちている。

「なんだ、おまえら、俺はまあまあだなって言ったんだぞ」

そばに控えていた芳乃さんがくすりと笑って、取りなしてくれた。

「とても美味しいってことですよ。ね、あなた」

晴子さんが、会長に尋ねる。

「本当？」

「うるさい。俺はまあまあだと言っただけだ。まあ、あれだな。飯はやっぱり、ガス炊飯器だ」

さすが会長は、炊飯器の種類まで一口で見抜いてしまったようだ。一気に表情を明るくして、晴子さんは会長に告げた。

「これが食べたかったら、明日も明後日も生きなさいよ。勝手に死んだら、承知しないからね」

会長は、口の端をほんの少しだけ上げた。

それは、私が初めて見たアラン会長の笑顔らしきもので、のちに何度も思い出す最後の表情にもなったのだった。

☀

ハレのヒ食堂の外に、二、三人のお客様がベンチに座って並んでいる。ベンチの端っこでは、野良猫のブンタが、のんびりと毛繕いをしていた。

梅雨の明けきらない六月の末、今日も、ハレのヒ食堂は盛況だった。

茜ちゃんや川崎さん、それに読書リーマンの三人は相変わらずカウンターに陣取っているものの、あまり混み合うとのんびりコーヒーが飲めないと少し不満気だ。

それでも、ガス炊飯器で炊きあげた白米は彼らにも大好評で、太るからといつもごはんを少なめに抑えていた茜ちゃんでさえも、こんもりと一杯食べるようになった。

残りのカウンター席もテーブル席も満席で、みんなが夢中で箸や口を動かしている。

「深幸ちゃん、僕もコーヒーちょうだいよ」

公園の側に住んでいるというおじいさんは、新たに加わった常連さんだ。

「はい、コーヒー追加ですね。ただいまお持ちしまあす」

おじいさんの向かいで相席をしているのは、出産を終えたばかりの小夜さんだった。

「この食堂がこんなに人気になるなんてねえ。さすが、深幸ちゃんはアラン会長の見込んだ子だったわね」

手放しで褒める小夜さんに、慌てて首を振る。この食堂がこんなに混み合っているのは、私なんかが理由じゃない――それは。

「え、誰ですか、そのアラン会長っていうの」

こちらも、たまに顔を出してくれるようになった大学生の男の子が、無邪気に尋ねる。

「知らないのか、アラン会長っていうのはな、この公園に住んでいた伝説の人物で――」

川崎さんが、会長のことを過去形で語り出す。少し心配になって厨房の晴子さんを振り返ると、幸い串に刺した鰆《さわら》の焼き加減に集中していて、こちらのことは耳に入っていなさそうだった。

アラン会長のお葬式は、先週末に終わったばかりだ。

告別式は築地本願寺で大々的に行われたのだけれど、参列者の中には、名だたる人物たちが顔を揃《そろ》えた。ミシュランの三つ星を獲得した有名レストランのシェフ、某有名ホテルのチーフシェフ、グルメ評論家としてメディアで良く見かける権威、一年先まで予約が取れないというスペインの有名レストランのシェフまで来日していたのには驚いた。

でも、私たちが一番驚いたのは、例の新橋で晴子さんが炭火焼きの修業をさせてもらった三村の大将まで参列していたことだ。

「どうしたんですか、こんなところで」

尋ねながら、私も、おそらく晴子さんも同時に気がついていた。

大将が自慢していたあの焼き魚を「まあまあだな」と評価した大人物。それは、他でもないアラン会長のことだったのだ。

晴子さんと大将がアラン会長で結びついていたと知ったとき、二人とも泣いていた。

「私も貰《もら》えましたよ、まあまあだな」

「あんたなら、きっとそうだろうな。ガッツがすげえもん」

大将と並んで眺めたアラン会長の遺影は、あのほんのちょっと口の端をあげただけの、わかりづらい笑顔だった。

さて、その会長の「まあまあだな」こそが、今、食堂が混み合っている理由なのだった。

あの葬儀で晴子さんと大将の会話を耳ざとく聞いていた件《くだん》のグルメ評論家が、すぐに食堂をお忍びで訪れ、食堂の味を知って、積極的にメディアで発信してくれた。そのせいで、連日、食堂はお客様の数が伸びつづけているのだ。

ときどきは、大将も食べに来てくれる。

会長の住んでいたあのビニールハウスには、今、ヨシさんが住んでいる。アラン会長の畑を手入れするという条件で、彼にはハレのヒ食堂の朝ごはんが毎朝届けられることになった。もう、ヨシさんが猫まんまを狙うことはないだろう。

因《ちな》みに、このハレのヒ食堂の土地も、晴子さんに譲られることになった。

晴子さんが、鰆を焼き上げて、さっきアラン会長について尋ねた大学生に笑いかけた。

「アラン会長っていうのは、この食堂のメニューを完成させてくれた偏屈な老人です」

相変わらず、コミュニケーションのタイミングがおかしい。

でも、こんなことを思うのはおこがましいかもしれないけれど、もう私がいなくても大丈夫ですよね、晴子さん。

食堂を見回すと、胸がずきりと痛んだ。

営業を終えて八王子の家まで戻ってくると、私と晴子さんはぐったりと疲れきっていた。あんなにゆったりとしていた食堂が、急にお客様で混み合い、三回転も四回転もするようになったのだから、当然と言えば当然なのだけれど。

私たちの癒やしは相変わらずぴいちゃんだ。鶏小屋に直行すると、鶏冠《とさか》こそまだ生えていないものの、全身真っ白になった姿で出迎えてくれる。

ぴいちゃんを指先で撫《な》でながら、晴子さんが空を見上げた。梅雨の最中の空は、今日もどんよりと曇っている。

「今日もお疲れさまでした。ごめんね、全然休む暇とかなかったでしょう」

「いえ、平気でしたよ。慣れちゃいました」

言わなくちゃ。田舎に帰りますって、言わなくちゃ。

今日こそと決めていた。それでも、いざ口に出そうとすると、なかなか声が出てこない。晴子さんはこんな私でも目の前から消えると知ったら、きっと悲しむだろうから。

それに、私だって――。

私を初めて受け入れてくれた場所を、私を必要としてくれた場所を去るのは、苦しくて、恐かった。だけど、何度も考えて、自分で決めたことだ。気づいたのだ。今のままじゃ、両親から、ううん、今までの自分から逃げているだけだと。

旦那さんを失った晴子さんが、時間がかかってもその事実と向き合って、厨房の中で笑っている。その姿が、私に教えてくれたことだった。

自分は駄目だから。両親にスポイルされてきたから。そんな風に言い訳をして、自分を否定して生きることには、不思議な心地好さがあった。自己否定で自分を埋めていれば、大切なことと向き合わなくて済むからかもしれない。

でも、もう終わりだ。逃げてばかりいた自分の弱さや汚さを受け入れて、父や母ととことん話さなければ、晴子さんみたいにきれいに笑うことはできないのだと思う。

やっぱり、きちんと告げなければ。

大きく息を吸った。

けれど、先に口を開いたのは晴子さんのほうだった。

「出て、行くんでしょう」

「――はい」

気づいていたんだ。

「ごめんなさい、晴子さん、私――」

私は、今、心の中で思っていたことを必死に言葉にした。舌がもつれるし、順番もぐちゃぐちゃで、うまくなんて説明できない。ほぼ支離滅裂で、きっとすごく理解しづらい。

それでも、晴子さんはきちんと、目を見て聞いてくれた。

つたない説明が終わると、晴子さんは、目を潤ませたまま笑った。

「うん、わかった。すごくよくわかったよ。話してくれてありがとう。寂しいけど、ほんとに寂しいけど、笑って送り出さなくちゃだよね」

私も、鼻の奥がつんと痛んだけれど、口元を引き結んで耐えた。

だって、伝えたいことは、私の気持ちだけじゃない。

あの日、二人で夕空を見た日、私に訪れた閃きを晴子さんにも聞いてほしかった。間違っているかもしれない。でも——。

「あの、晴子さん。前に、ご主人が、どうして一年には晴れの日ばっかりじゃないのに、ハレのヒ食堂なんて名前にしたんだろうって言ってたことありましたよね」

晴子さんが、頷いて笑った。

「そうそう、今日みたいな曇りの日でも、ハレのヒ食堂だしね」

「そのことで、ちょっと思ったんですけど。ハレのヒ食堂のハレって、お天気の晴れのことじゃないんじゃないでしょうか」

ぴぃと、ぴいちゃんが、疑問系で鳴いた。晴子さんも首を傾げている。

「あれって、晴れ着とか、晴れの門出とか、そういう特別とか、めでたい意味のハレなんじゃないかなって」

晴子さんが、大きな目を瞬かせる。

「つまり、ハレのヒ食堂のハレの一日ってこと？　特別な、めでたい一日？」

「そうです――私、晴子さんとあの夕空を眺めた日に思ったんです」

あの日の夕空はとても美しかったけれど、本当はどんな日の空も美しくて、特別なのかもしれない。そんな風に思えた時、私の中で、世界がふいに輝きを増したのだ。

晴子さんの旦那さんは、自らの命を見つめることになったその残りの日々で、晴子さんとの毎日を、この世界での一日一日を、かけがえのない愛《いと》おしい時間として過ごしたんじゃないだろうか。

晴れでも、曇りでも、雨でも。ハレの日じゃない普通の一日なんて、多分存在しないのだ。

私たちの一日は、どんな一日も特別な時間で、ハレのヒだ。ハレのヒ食堂は、その一日の始まりを応援する場所なのだ。

「うん――。きっと、そうだね。わかるよ。夫がいなくなってから私、あんなに朝が恐かったのに、今は、朝が眩しいもん。特別で、美しいもん。ああ、こんな素晴らしいところに、私、あの人と暮らしたんだなって思うと、すごく、幸せなんだ」

晴子さんは、もう本当に大丈夫なんだ。

「変な言い方だけど、彼を失って、半狂乱になって見た景色も、今ならきれいだったって思える」

そう言い切って笑う晴子さんの笑顔は、本当に強くて、素敵だ。私も、いつかそんな風に笑いたい。だから。

「晴子さん、私、一旦田舎に帰ってこれからのことを考えます。今まで、本当にお世話になりました」

頭を下げるのと同時に、ぽたりぽたりと滴が落ちる。同時に梅雨空から、雨がしたたり落ちて、すぐに地面を埋め尽くしていく。

「――雨の空も、きれいだね。私、深幸さんが来てくれてからのこと、絶対に忘れない」

晴子さんが、両手を広げて、私を抱きしめた。

堪えきれなくて、大声をあげて私は泣いた。晴子さんも、子供みたいに泣いた。ぴいちゃんも、ぴいぴいと鳴いて、私たちは、泣きながら笑ったのだった。

今日も明日も、きっと特別な、ハレのヒだ。私は今、ハレの時間を生きているんだ。これからも、生きていくんだ。

強くなっていく雨を浴びながら、私はその温かさを、かけがえのなさを、胸いっぱいに吸い込んでいた。

本書は書き下ろしです。

ハルキ文庫

な 15-1

# ハレのヒ食堂《しょくどう》の朝《あさ》ごはん

著者　成《なり》田《た》名《な》璃《り》子《こ》

2016年5月18日第一刷発行
2016年5月28日第二刷発行

発行者　角川春樹

発行所　株式会社角川春樹事務所
〒102-0074 東京都千代田区九段南2-1-30 イタリア文化会館

電話　03(3263)5247(編集)
03(3263)5881(営業)

印刷・製本　中央精版印刷株式会社

フォーマット・デザイン　芦澤泰偉
表紙イラストレーション　門坂 流

本書の無断複製(コピー、スキャン、デジタル化等)並びに無断複製物の譲渡及び配信は、著作権法上での例外を除き禁じられています。また、本書を代行業者等の第三者に依頼して複製する行為は、たとえ個人や家庭内の利用であっても一切認められておりません。
定価はカバーに表示してあります。落丁・乱丁はお取り替えいたします。

ISBN978-4-7584-4003-5 C0193 ©2016 Narico Narita Printed in Japan
http://www.kadokawaharuki.co.jp/[営業]
fanmail@kadokawaharuki.co.jp[編集]　ご意見・ご感想をお寄せください。

ハルキ文庫

# ウィメンズ・マラソン

坂井希久子

岸峰子、30歳。シングルマザー。幸田生命女子陸上競技部所属。自己ベストは、2012年の名古屋で出した2時間24分12秒。ロンドン五輪女子マラソン代表選手という栄誉を手に入れた彼女は、人生のピークに立っていた。だが、アクシデントによって辞退を余儀なくさされてしまい……。一人の女性の強く切なく美しい人生を描く、感動の人間ドラマ。（解説・北上次郎）

大好評発売中

ハルキ文庫

# ティファニーで昼食を
## ランチ刑事《デカ》の事件簿
七尾与史

室田署刑事課の新人・國吉まどかは、先輩で相棒の巡査部長・高橋竜太郎に「警視庁随一のグルメ刑事」と呼ばれるほどの食いしん坊。そんな二人が注目しているのが、署の地下に出来た食堂「ティファニー」。値段は高めであるものの、謎めいた天才コック・古着屋護が作るランチの前には、古株の名刑事も自白を拒む被疑者もイチコロ!?人気作家が描くグルメ警察ミステリー。

大好評発売中

ハルキ文庫

夢みるレシピ
ゲストハウスわすれな荘
有間カオル

東京の下町、山谷と呼ばれるかつてのドヤ街。家族とはうまくいかないし恋も不調、自分を抑えて生きてきた、そんな千花が故郷を飛びだし辿りついたのは、マイペースなオーナーと、しっかり者の翔太が経営するゲストハウス「わすれな荘」。個性豊かな住人たちとの賑やかな日常に、千花の心もほぐれていく。でもみんな、それぞれに事情を抱えているようで……。温かで、とびきり美味しい物語。

大好評発売中